Dr Dru

*

Adélaïde :
Tome VI

*

Philippe Rosenberger

Personnages :

Le Club des Damnés

Le Club des Damnés a été reconstruit ailleurs ! Découvrant avec joie neuf mois après l'incendie que Phileas avait investi la cathédrale abandonnée, les membres tout aussi bien que les Reines furent informés de sa réouverture. Le nouveau lieu, consacré et immense, fit tout d'abord regretter le précédent. Mais avec le temps et des aménagements continus, le mystère reprit de plus belle. Rien n'avait changé donc, si ce n'est un nouveau décor et une nouvelle magie des plus enivrantes.

Adélaïde

Adélaïde était une jeune étudiante comme les autres jusqu'à ce qu'elle réponde à une annonce et rejoigne le Club des Damnés. Après des débuts difficiles, de la peine et de la tristesse, elle devint néanmoins sous le nom de Méphala l'une des Reines les plus épanouies et les plus appréciées par ses consœurs et par les Cavaliers. Elle fut également l'une des plus sollicitées par les membres. Le Club lui apporta beaucoup. De la confiance en elle, un épanouissement sexuel, mais aussi et surtout l'amour en la personne de son directeur, Phileas, dont elle tomba éperdument amoureuse. Après la construction du second club, Phileas et elle se revirent et elle tomba enceinte. Dans le même laps de temps, elle découvrit qu'il était agent secret, et finit par le rejoindre au sein du *Service*. À la mort de *D*, la directrice, elle en devint la cheffe avant de finalement accoucher de ses premiers enfants, des jumeaux ; Adrien et Jean.

Phileas

Personnage obscur appelé Phileas ou Léopold, simple mais intrigant, il est à l'origine du Club des Damnés, bien que personne ne sache vraiment ni quand ni comment il l'a créé. Les rumeurs et les légendes circulant à son propos sont légions, et il serait pour certains un personnage séculaire, un envoyé du diable ou n'importe quoi qui pourrait justifier son influence. La vérité est pourtant toute autre, car Phileas est en réalité un multimilliardaire qui a notamment réactivé un vieux service secret chargé de stopper des menaces échappant à la justice. Mais il s'évertue surtout à démanteler une *Organisation* aussi dangereuse que mystérieuse. Après s'être fait tirer dessus, il apprit qu'Adélaïde, qu'il aimait et qui avait découvert son secret, avait été nommée agente secrète par *D*. Lorsque celle—ci mourut, il la désigna pour la remplacer. Phileas est père de trois enfants. Wanda, la fille qu'il a eue à l'âge de seize ans, et Adrien et Jean, les jumeaux qu'il a eus avec Adélaïde.

Chloé

Première Reine qu'elle ait rencontrée, Chloé est devenue la meilleure amie d'Adélaïde.

Les deux femmes se sont quasiment tout de suite attachées l'une à l'autre et sont depuis deux amies complices et solidaires. Leur histoire ne s'arrête cependant pas qu'à leur amitié sans faille. En effet entraînées par la tension sexuelle qui régnait constamment au Club des Damnés, elles sont devenues à plusieurs occasions amantes avant qu'Adélaïde ne sorte avec Phileas, tissant entre elles un lien qui ne s'effilera jamais. Reine d'Or du Club, Chloé est une alliée fidèle et une figure de proue pour les Damnés. Les cheveux d'un blond caramel et le visage angélique, elle est une femme agréable et chaleureuse ouverte aux nouvelles amitiés et qui n'aime pas se prendre la tête pour un rien.

Jean

Jean, Reine Rouge ou Reine de Sang du Club des Damnés était la meilleure amie de Chloé et d'Adélaïde. Tuée par l'*Organisation* que combat Phileas, celui—ci garda sa mort secrète jusqu'à ce que la vérité éclate d'elle—même. Personne ne sait vraiment quel lien les unissait, mais Jean restera dans le cœur des Reines et des Cavaliers comme une amie très chère perdue trop tôt.

Wanda

Wanda est la fille ainée de Phileas. Italienne fière et arrogante aux premiers abords, elle est en réalité une jeune femme déboussolée vivant difficilement sa situation. Sa mère étant morte très tôt, elle vécut seule avec son père et appréhendait mal, malgré son confort luxurieux, sa fausse vie de conte italien et surtout ses absences à répétitions. Elle alla jusqu'à créer des tensions avec Adélaïde avant de finalement faire la paix avec elle—même et son père, et d'accepter sa vie d'agent secret telle qu'elle était. Dorénavant grande sœur, Wanda bien que femme de caractère se montre douce et chaleureuse avec sa famille et ses amis.

Alfred

Cavalier confident d'Adélaïde, Alfred est un ancien agent de la DGSE, serviable, poli, loyal et toujours là pour prêter main—forte. Considéré par beaucoup comme le chef des Cavaliers, il est officieusement le bras droit de Phileas. C'est aussi lui qui a poussé Adélaïde à lui déclarer sa flamme. Après qu'elle ait découvert des mois plus tard la vraie nature de ses activités, elle apprit la nature de leur lien : Alfred est le père de Phileas, et par conséquent le grand—père de Wanda, d'Adrien et de Jean.

Les Reines

Les Reines du Club des Damnés sont des créatures de rêves dans un lieu propice aux plaisirs et aux mystères. Chacune unique, chacune délicieuse, chacune pouvant être conquise... mais aucune acquise. Depuis la création du Club des Rodiers, le nombre de Reines n'a fait qu'évoluer. Bien qu'il n'y ait jamais eu à ce jour un seul instant où toutes furent réunies au club, il est rare que le nombre d'actives soit inférieur à une vingtaine. Il y a donc à chaque instant passé dans les lieux de délices, autant de visages que de désirs. Exotisme, fraîcheur, maturité… Il y a une Reine pour chaque goût.

Les Cavaliers

Vous désirez un verre ? Une collation chaude ou froide, une soupe de chocolat, un bouillon de légumes ? Vous aimeriez rejoindre une Reine dans une loge ou une salle de bain ? Vous vous êtes perdus dans les méandres du Club ? Demandez votre chemin, demandez un renseignement. Ces hommes en redingotes toujours serviables, toujours là, sont vos plus fidèles amis. Mais n'oubliez pas, un mot de leur part à l'oreille de ces dames et vous serez châtié.

Le Service

Le Service est un organisme secret agissant sans reconnaissance officielle et chargé d'appréhender ou à défaut d'éliminer toutes personnes échappant à la justice.

Son fondement est basé sur la légitimité et non la loi, dans un souci de faire respecter les droits de l'Homme. Totalement officieux, il est la réincarnation du Syndicat, un groupuscule créé dans les années 40 et réunissant des représentants de chaque nation, de chaque ethnie, de chaque religion et des deux sexes. Utopistes, ces gens voulaient créer un monde meilleur et plus juste, mais au lendemain de la Seconde Guerre mondiale, se rendant compte que l'argent avait gangrené le monde et que les gouvernements ne se souciaient plus de leurs citoyens, ils décidèrent que la seule façon de rendre le monde un tant soit peu plus juste était de mettre hors d'état de nuire les gens échappant au système pénal officiel. De rêveurs, ils étaient devenus des agents secrets impitoyables.

D

D est l'ancienne cheffe du *Service*. Femme de caractère âgée d'une soixantaine d'années, elle voyait d'abord l'arrivée d'Adélaïde dans la vie de Phileas d'un mauvais œil, mais au fil du temps elle se montra plus douce. Lorsque Phileas se fit tirer dessus et oscilla entre la vie et la mort, elle intervint pour arrêter Adélaïde qui avait tué son agresseur, puis la nomma membre du *Service*. *D* fut abattue sous les yeux de Phileas quelque temps plus tard par le chef de l'*Organisation*.

L'Organisation

L'*Organisation* fut découverte lors de la mort de Jean. Personne ne sait vraiment grand—chose sur elle, si ce n'est qu'il s'agit d'un groupement organisé et bien plus dangereux que n'importe quelle organisation du crime. Après s'être rendu compte qu'elle avait infiltré la plupart des gouvernements et des services secrets, le *Service* a fait sa priorité numéro une d'arrêter ses exactions.

I

Samedi 27 avril 2013, 10h47.

Adélaïde faisait la vaisselle. Phileas et elle s'étant un peu disputés. Oh, rien de bien méchant, mais ils avaient décidé de chacun rester de leur côté le temps que cela leur passe. Et comme c'était son tour de faire la vaisselle… Ce n'était parti de rien pourtant, pensa—t—elle, c'était tellement futile. Simplement parce qu'elle estimait qu'il cautionnait le machisme avec le club. Ce qui était vrai selon elle… Mais lui disait ne s'en servir que pour attirer du monde et récolter des informations, et d'ailleurs elle et les autres étaient bien contentes des avantages d'être Reines… Ils s'étaient donc encore une fois disputés à propos de ce sujet.

Adélaïde termina de rincer le plat de la tarte à la rhubarbe qu'ils venaient de finir et regarda du coin de l'œil vers le salon. Phileas était installé dans son fauteuil, lisant le journal.

— Tu veux manger quoi à midi ? demanda—t—elle.

— Rien, je n'ai pas faim, répondit Phileas.

Adélaïde ne renchérit pas. Il était encore énervé de ses propos… Elle essuya le plat à tarte et le rangea, puis prit son verre de jus de fraise et se rendit sur la terrasse pour admirer la vue. Ils étaient venus passer quelques semaines en Vendée, dans la maison qu'ils avaient achetée près des Sables—d'Olonne, pour pouvoir se reposer. La demeure, placée sur un immense terrain fermier donnait sur les dunes bordant la plage, la vue était donc superbe. Le paysage était tellement magnifique, si différent de celui de l'Est... Et puis ce calme sonore était inestimable. Pas de bruits de moteurs, pas de klaxon, rien, rien que le bruit des vagues et du vent jouant dans les arbres. C'était le bonheur. Adélaïde termina son verre et retourna à la cuisine. Ils alternaient la préparation du repas une fois sur deux. À midi c'était à elle, tandis que lui devrait faire la vaisselle. Réfléchissant à ce qu'elle pourrait bien faire, elle décida de ne pas s'embêter et de faire un gigot d'agneau avec des pommes de terre et des haricots verts. Elle commença donc par régler la durée de cuisson sur une heure au thermostat 7, et sortant ensuite les haricots, elle les assaisonna avec de l'ail, du sel, du poivre et des épices, puis les couvrit dans le micro—ondes en attendant de les cuire plus tard à la poêle. Après cela elle sortit le gigot du frigo, le mit dans un plat en verre avec de petites pommes de terre, prépara une crème de thym mélangé dans du beurre demi—sel légèrement poivré, l'en badigeonna, puis enfin le plaça au four.

— J'ai fait le gigot, annonça—t—elle à Phileas.

— Bien, répondit juste celui—ci.

Adélaïde fronça les sourcils, agacée.

— Tu vas me faire la tête encore longtemps ? s'impatienta—t—elle.

— Oui, car il se trouve que ton machiste de mari est aussi un gros rancunier... J'aurais dû d'ailleurs te dire de ne pas me préparer à manger, tu n'es pas ma bonne, répondit Phileas sans lever le nez de son journal.

— Rââh ! Je m'excuse Phileas ! Je me suis mal exprimée et je suis désolée ! Je sais que tes intentions sont nobles et que tu es loin d'être macho ! Que veux—tu de plus ?

Phileas ne répondit pas. Adélaïde lasse abandonna l'affaire. Elle n'aurait pas dû dire ça, elle le reconnaissait... Elle s'en voulait terriblement, d'autant qu'elle savait qu'il n'était pas macho… Elle aurait dû se taire… mais tant pis. Attristée par sa conduite, et surtout qu'ils se soient disputés, elle monta prendre sa douche à l'étage. Peut—être que d'ici le repas ils seront réconciliés.

Phileas prit le temps de terminer de lire son journal et lorsque ce fut fait, le replia, le posa à côté de lui, et se leva pour aller prendre de quoi boire dans le réfrigérateur. Il opta pour finir la bouteille de jus de melon qui lui faisait de l'œil. Satisfait lorsque ce fut fait, il la jeta dans la poubelle prévue pour le verre et sortit dans le jardin se dégourdir les jambes. Malgré cette petite dispute, ces vacances lui faisaient du bien… Et puis les petits faisaient leurs nuits maintenant, ce qui était merveilleux, ils avaient donc l'occasion de bien dormir la nuit, mais aussi le matin.

— Cerebro ! Où es—tu sacripant ? s'exclama—t—il fortement à l'intention de son chien. Allez, viens mon chien…

Aucun chien n'accourut.

— Cerebro ! Viens ! Ohé ? s'écria de nouveau Phileas en positionnant ses mains en porte—voix.

Le maître des Reines fut un peu déçu de l'absence de son labrador blond, mais il ne s'étonna pas réellement de sa disparition. Il savait qu'il adorait aller se promener dans le village, renifler quelques chiens, voler un morceau de viande, puis revenir à la maison faire la sieste. C'était devenu avec le temps son modus operandi chaque fois qu'ils venaient ici.

— Bon, je vais jouer sans toi…

Phileas contrarié attrapa un bâton par terre et le jeta au loin en guise de mécontentement… C'est alors qu'il aperçut une grosse masse blonde entre les buissons près de la clôture nord, à une soixantaine de mètres. Intrigué, il s'y rendit d'un pas normal, quand lorsqu'il reconnut son chien, il courut. Il se précipita à son chevet affolé, dérapant juste à côté de lui pour se positionner à terre et le caresser.

— Cerebro ? Cerebro, ça va ? demanda—t—il, inquiet.

Phileas sentit qu'il respirait mais ne voyant pas de réaction à ses appels, souleva sa tête et regarda sa gueule. Le chien semblait avoir perdu connaissance après avoir mangé quelque chose… Regardant tout autour, l'agent chercha l'origine de ce mal quand il repéra sous le buisson un morceau de viande. L'attrapant il le renifla et l'inspecta, et reconnut à l'odeur des traces de tranquillisant animal. Tournant le cœur battant la tête vers la maison, Phileas s'alarma. C'était une attaque.

Adélaïde sortit de la douche et s'essuya. Elle fredonnait un air enjoué, totalement nue et les cheveux mouillés. Quand elle se trouva suffisamment sèche, elle disposa sa serviette sur l'étendoir au—dessus du radiateur et partit dans la chambre enfiler des sous—vêtements propres. Elle opta pour un boxer noir en dentelle et un soutien—gorge assorti. Elle trouvait cet ensemble du plus bel effet… Elle enfila le boxer, admira sa taille dans le miroir de l'armoire, puis mit son soutien—gorge, et enfin repartit vers la salle de bain pour aller se maquiller. En passant de nouveau dans le couloir elle remarqua toute de suite que quelque chose clochait. La porte de la chambre des enfants était ouverte… et elle ne les avait pas entendus depuis qu'elle était montée. Inquiète, elle se dirigea vers la pièce quand soudain surgit derrière elle de sa propre chambre un homme encagoulé qui l'agrippa en l'empêchant de parler.

Phileas revint en courant vers la maison, mais alors qu'il dépassa le gros chêne, un homme entièrement en noir et au visage masqué par une cagoule surgit sur sa droite et le plaqua au sol. Il poussa un cri de surprise.

Adélaïde bien qu'en petite tenue réussit à dégager ses bras et enfonça ses pouces dans les paupières de son agresseur, qui cria. Se retournant vers lui, elle le frappa alors à la mâchoire d'un coup de poing puissant et destructeur.

Phileas se releva et fit face à son adversaire. Celui—ci ne voulant pas faire de bruits qui pourraient alerter les voisins dégaina un long couteau. Son premier mouvement fut horizontal, tentant vainement de découper Phileas en deux. L'agent sauta toutefois en arrière pour éviter sans mal la pointe de la lame. L'agresseur tint alors son couteau lame vers le bas, et se précipita sur lui pour le poignarder en descendant. Phileas l'esquiva une nouvelle fois facilement et lui brisa la nuque au passage.

Adélaïde se rendant vers la chambre attrapa la poignée mais l'inconnu la saisit à la cheville. Elle poussa un cri de colère, mais n'arriva pas à se dégager. Un autre homme sortit alors de la pièce, lui aussi vêtu de noir, et la frappa au visage pour qu'elle se taise.

Un nouvel homme surgit de nulle part attaqua Phileas et le projeta dans la grange. En tombant, celui—ci vit le tas de branches mortes du rosier… Il se releva rapidement, saisit un de ses gants et attrapa deux solides morceaux épineux. Il frappa alors l'homme au visage, lui déchiquetant la joue à travers la cagoule.

Adélaïde sonnée tenta de faire face mais elle avait trop mal. Elle réussit toutefois à dégager sa cheville, en colère, et frappa du talon son agresseur à la tête. Elle se dirigea vers la chambre.

Phileas saisit la griffe de jardinier qui trainait près de la porte et le frappa entre les jambes en remontant. Les trois dents de l'outil s'enfoncèrent, arrachant un cri de douleur épouvantable à son ennemi.

Alors qu'elle s'engageait dans la chambre, un de ses deux poursuivants acharnés attrapa Adélaïde par la main pour la stopper. La jeune femme se retourna et lui tapa dans le nez du plat de la main pour qu'il la lâche. L'homme gémit de douleur, le nez en sang. Seule face aux deux hommes, Adélaïde se mit finalement en garde. Elle sauta en tournoyant sur elle—même, jambe tendue, exécutant un somptueux coup de pied rotatif. Elle frappa ainsi le premier à la tête, avant de saisir le second et de lui briser la nuque sans état d'âme.

Phileas attrapa le taille—haie électrique. Il tira sur le démarreur et sortit. Un homme arrivait vers lui en longeant le mur, un automatique équipé d'un silencieux à la main. Il n'avait pas dû voir ce que lui avait en main. Phileas visa les jambes et lui charcuta la cuisse. L'homme hurla comme un cochon. L'agent lui trancha la gorge d'un coup rapide et ramassa l'arme.

Adélaïde se rendit affolée aux berceaux quand elle constata avec horreur qu'ils étaient déjà vides. Son sang n'en fit qu'un tour. Tremblante, elle s'effraya de la situation… Dans un dernier geste avant de rendre l'âme, profitant de sa distraction, l'assaillant encore vivant la poignarda au flanc avec son couteau. Elle poussa un cri.

Phileas fit le tour de la maison, l'arme au poing, le nez en sang. Il tira dans la tête du premier homme qu'il vit. Il ne cherchait plus à réfléchir, il tirait. Les cris des enfants se firent alors soudainement entendre. Phileas prit peur, un moteur s'allumait. Présageant le pire, il courut vers le chemin d'accès à la maison cerné de sapins, quand il vit l'Audi noire partir à toute allure pour quitter les lieux... et que son sang se glaça.

— Non, pitié, pas ça.

Il courut aussi vite qu'il pouvait derrière la voiture, tua les deux hommes qui surgirent derrière un conifère d'une balle dans la tête, tira dans la jambe d'un troisième, puis visa les pneus... mais il n'avait plus de balles. Les larmes lui venant aux yeux, suppliant, il continua malgré tout à courir coûte que coûte. Son cœur l'élança mais il lutta contre la douleur, il était apeuré et angoissé mais il sprinta de toutes ses forces.

— Pitié... non... non... lâcha—t—il à bout de souffle entre ses dents...

La voiture disparut au loin.

II

— ADÉLAÏDE ! ADÉLAÏDE ! s'écria Phileas paniqué en entrant dans la maison.

— Les enfants ! Où sont les enfants ? s'écria la jeune femme épouvantée en descendant en larmes les escaliers.

Phileas courut à sa rencontre et l'aida à descendre.

— Les enfants, Phileas, les enfants ! reprit affolée la jeune mère.

Phileas ne répondit pas, trop accablé par la douleur de simplement prononcer ces mots. Mais en voyant ses yeux rouges et ses joues humides, Adélaïde comprit et éclata en sanglots dans ses bras.

— Non ! Non ! hurla—t—elle en tapant des poings sur son torse avant de s'effondrer au sol, NON ! PAS ÇA ! NOOON !

Phileas regarda droit devant lui, et pleura. Il pleura de tout son être…

— Pitié, pitié, reprit la jeune mère à terre, détruite par le rapt de ses enfants. Tout mais pas ça, pas ça…

Comme si sa propre vie se terminait, elle vit alors défiler en un éclair devant ses yeux tous les moments qu'elle avait partagés avec Adrien et Jean. De leur conception et leur naissance attendue dans la joie à leur dernier allaitement, en passant par les promenades dans le parc, les nuits blanches, les cris, mais surtout les sourires d'un enfant à sa mère…

Tremblante d'effroi, tétanisée, Adélaïde repensa à tout ça et tenta de nier, de croire que c'était faux, de se réveiller et de réaliser que ce n'était qu'un mauvais rêve, mais c'était la réalité… Elle refusa de l'admettre, elle continua à croire que ce n'était qu'un mensonge, mais sa torpeur ne changea pas, on les lui avait enlevés.

— Il en reste un, annonça Phileas dans un exutoire à sa peine.

Adélaïde ouvrit immédiatement les yeux. Son regard changea dans l'instant. Ses sanglots cessèrent, son chagrin se transforma en colère. Elle se dirigea vers la commode, saisit son révolver et suivit son mari. Les deux parents sortirent alors dehors et marchèrent dans l'allée. Sans un mot, ils pistèrent la traînée de sang. L'homme à qui Phileas avait fait un trou dans la jambe, la dernière balle du chargeur. L'individu était parti se cacher pour mourir derrière le tas de bois coupé prévu pour la cheminée… Mais il n'était pas encore mort.

— Il est là, fit Phileas.

Adélaïde, les yeux rouges mais le regard noir, l'arme à la main, s'approcha de l'homme affalé au sol et marcha sans remords sur sa blessure.

— A… allez au diable, souffla celui—ci dans la douleur.

Adélaïde appuya du talon encore plus fort, jusqu'à lui avoir arraché un cri de souffrance assez significatif à ses yeux.

— Tu vas crever… tu as autant à parler… Si tu le fais vite on pourra peut—être toutefois envisager de te sauver… lâcha—t—elle, dédaigneuse.

— Je ne dirai rien…

— Sais—tu ce que c'est que d'être torturé par une mère à qui on a enlevé ses enfants, garçon ? s'exclama Phileas en regardant l'homme, les mains dans les poches.

L'individu tourna la tête vers Phileas. Il calcula ses chances. Il était déjà en sueur et avait mal comme un chien… il n'avait plus beaucoup de temps à vivre sans soins.

— Je… On nous a donné votre photo et l'ordre de vous prendre vos enfants…

— Qui ? demanda Phileas, posé mais furieux et n'en ayant rien à foutre des détails.

— Réponds sale fumier ! vociféra Adélaïde en le tenant en joue.

— Un type… avec un dragon sur le bras…

— Un dragon orange ? demanda Phileas.
L'inconnu déglutit en hochant de la tête.

— Oui… 100 000 chacun. On est un commando et on…

— Adélaïde tue—le, répondit Phileas en tournant les talons.

— Quoi ? Mais vous aviez dit… s'affola l'homme, inquiet pour sa vie.

— TU SAIS OÙ ILS SE TROUVENT ? TU SAIS OÙ EST LEUR BASE ? lui cria dessus Phileas en revenant vers lui, très en colère.

— Non… répondit sincèrement l'homme. On n'a pas posé de questions.

— Adé, tue—le…

— Mais ? Vous m'aviez promis…

— Tu as kidnappé nos enfants, tu espérais quoi ? fit Phileas en retournant vers la maison.

Adélaïde, toujours en sous—vêtements, lui tira une balle dans l'autre jambe, puis une dans le bras, puis finalement dans le cœur et la tête. Elle vida son chargeur. Le bruit des coups de feu résonna dans la propriété avec insistance et fracas.

*

Phileas aida Adélaïde à s'asseoir sur le canapé et regarda sa blessure.

— Ce sale fils de pute ne m'a pas loupée... lâcha celle—ci.

— La blessure est superficielle... plus de douleur que de mal, diagnostiqua Phileas. Je vais te recoudre.

L'homme du Club des Damnés se leva, prit une bonbonne de désinfectant dans la trousse à pharmacie, attrapa quelques compresses stériles, s'empara d'une bobine de fil et d'une aiguille et revient vers elle. Il s'attela alors à nettoyer sa plaie, puis commença son œuvre.

— Outch, fit Adélaïde.

— Désolé... ça va faire mal.

La jeune femme se cramponna au coussin du canapé et se mordit les lèvres presque jusqu'au sang. Elle sentait l'aiguille transpercer son épiderme pour recoudre sa chair mais elle ne broncha plus du tout.

— Voilà, c'est fait, annonça Phileas au bout de longues et interminables minutes.

— Merci...

Adélaïde se gratta le dos, remit sa bretelle de soutien—gorge sur son épaule, et regarda Phileas. Son visage se décomposa alors de nouveau au bout de quelques secondes, et accablée elle éclata en sanglots et se précipita dans ses bras.

— Qu'est—ce qu'on va faire Phileas ? Qu'est—ce qu'on va faire ? pleura—t—elle anéantie.

— Je ne sais pas... révéla—t—il désabusé. Je ne sais pas du tout.

Tandis qu'il l'enlaça pour la réconforter, un crépitement se fit entendre. Se redressant immédiatement, Adélaïde sécha les larmes de ses yeux et Phileas et elle en cherchèrent l'origine des yeux. Ils la découvrirent bien vite. Il s'agissait d'un magnétophone placé sur une des commodes du salon. Il semblait avoir été enclenché et la bande sonore de mauvaise qualité devait contenir du vide jusqu'à ce qu'après un certain laps de temps, les paroles démarrent.

— « *Bonjour cher Phileas. Je me présente, je suis l'homme qui a commandité l'enlèvement de vos enfants. Vous et votre chère et tendre nous avez donné du fil à retordre depuis un an et j'ai donc décidé en représailles de vous priver de votre progéniture... »*

Phileas et Adélaïde se regardèrent dans les yeux... La guerre était déclarée.

— « *Si vos activités justicières ne sont pas immédiatement stoppées, et si d'ici trois ans mes revenus n'ont pas dépassé les vingt milliards d'euros, vous ne les reverrez plus jamais. Si vous avez compris, veuillez faire en sorte que lundi à vingt—deux heures le courant soit coupé intégralement dans la ville où nous nous sommes rencontrés le vendredi neuf novembre de l'année dernière... »*

— Que... ? voulut demander Adélaïde à son mari.

— C'est le jour de la mort de *D*, lui rappela—t—il, furieux de ce message.

— « *Dans le cas où vous ne considéreriez pas cette requête comme sérieuse, rappelez—vous que vos enfants sont en ma possession. »*

Le silence se fit de nouveau entendre. Au bout d'une dizaine de secondes, Phileas appuya du doigt sur la touche arrêt.

— Où avez—vous pu vous rencontrer ce jour—là ? lui demanda Adélaïde.

— C'est lui qui l'a abattue sous mes yeux, il fait référence à la course—poursuite qu'on a eue sur les toits quand j'ai essayé de l'attraper, ce qui confirme que c'était bien lui cette nuit—là, annonça Phileas en la regardant.

— Qu'est—ce que…

— Monte t'habiller, on part, s'exclama—t—il simplement pour abréger la conversation. Prépare tout ce que tu ne veux pas laisser définitivement.

Adélaïde ne répondit pas et acquiesça. Elle remonta prendre une douche et se préparer. Elle avait de l'assurance et de la ténacité, mais elle préférait le laisser mener la suite… Sa colère et sa peine étaient trop grandes pour l'instant pour qu'elle puisse réfléchir posément, elle était tétanisée et déboussolée. Mais lui il le pouvait… malgré le bouillon de sentiments qu'il y avait en lui il saurait quoi faire pour retrouver leurs enfants… Phileas sortit dehors sur la terrasse et attrapa son téléphone… Il hésitait. Une multitude d'idées lui jaillissaient dans la tête. Tout faire exploser pour couvrir leurs traces, brûler les corps pour faire disparaître les preuves de l'affrontement… finalement il opta pour agir de façon plus consciencieuse. Avec amertume il se rendit jusqu'à son établi dans le garage, sortit d'une caisse à outils une rubalise, et délimita la propriété d'un « *scène de crime — ne pas franchir* ». Ceci fait, malgré toute sa volonté il ne trouva pas le courage d'en parler… alors il envoya un message à son père, à Wanda, à Scott, à Chloé et à Daniels, le secrétaire d'Adélaïde, pour les avertir de la catastrophe. Annonçant leur retour, il demanda d'envoyer une équipe pour analyser les corps des agresseurs et tenter de récolter de maigres indices sur la route à la recherche de l'Audi noire… puis il coupa son portable, trop abattu.

— Tu es prête ? demanda—t—il lorsqu'Adélaïde arriva en bas.

— Oui…

Dans le calme ils chargèrent alors non sans émotion leurs affaires dans le 4X4. C'était horrible de voir ces deux sièges—auto vides, de voir tous ces biberons et ces petits vêtements, mais ils tinrent le coup en rangeant leurs effets, ils ne pleuraient plus. Adélaïde avait fait place à *Méphala*, cette femme implacable, tueuse professionnelle et cheffe du *Service*, et Phileas avait cessé d'être un père aimant et un doux mari pour redevenir un monstre d'intelligence, de force brute et de ténacité, calculateur et impitoyable.

— Je te promets qu'on les retrouvera Adélaïde, je te le promets, jura—t—il au volant alors que la voiture s'en alla. Je te le promets…

III

Malgré ses précédents efforts pour tenir le coup, Adélaïde pleura durant tout le trajet. Elle n'était pas aussi forte que Phileas, mais qui l'en blâmerait ? Ses enfants venaient d'être enlevés. Que leur ferait—on ? Allait—on les battre ? Les laisser mourir de faim ? Bon sang, ils n'avaient que trois mois et trois jours, ils n'étaient que des bébés… Ils auraient en plus déjà dû manger à l'heure qu'il était... Adélaïde pleura de plus belle en pensant à cela.

Faisant face à son chagrin Phileas tenta de la réconforter, mais il devait regarder la route... Elle était cependant tellement abattue qu'il s'arrêta régulièrement pour la prendre dans ses bras.

— Ils vont bien Adélaïde, ne t'inquiète pas, tentait—il de la rassurer.

— Comment peux—tu dire ça ? On ne sait pas où ils sont, on ne sait rien ! On nous les a enlevés Phileas ! pleurait la jeune femme.

Phileas expira de tristesse mais regarda sa bien—aimée dans les yeux.

— Nous faisons peut—être face à l'*Organisation*… mais tu as entendu leur chef, il nous les a enlevés seulement pour nous stopper… Et fais—moi confiance, on les récupérera… et crois—moi, il ne leur fera pas de mal, sinon il sait très bien qu'il signe son arrêt de mort… il ne leur arrivera rien, ce ne sont que des nourrissons…

Adélaïde savait qu'il avait foi en ses propres dires, qu'il y croyait dur comme fer. Et elle avait le sentiment que ce qu'il croyait était toujours la vérité… mais elle ne pouvait s'empêcher de penser comme une mère, d'avoir peur, d'avoir des doutes. Et s'il se trompait ?

— Écoute… nous allons nous battre d'accord ? promit Phileas.

— Oui… oui tu as raison, je vais me reprendre, on va se battre, désolée.

Alors qu'elle tentait de s'essuyer les yeux du revers de la main, Phileas lui saisit la tête et la força à le regarder dans les yeux.

— Tu n'as pas à te reprendre, tu n'as pas à être désolée ma chérie. C'est normal que tu pleures, et c'est ton droit, mais on les reprendra à leurs ravisseurs, d'accord ? Je te le promets… Et plutôt que de nous apitoyer sur notre sort, nous devrions plutôt nous préoccuper de comment les récupérer.

— Je… oui, sourit nerveusement la jeune mère toujours en pleurs.

— On ne peut pas changer ce qui est fait malheureusement… mais on peut faire en sorte de réparer ça…

— Tu as raison… et je vais le leur faire payer !

Phileas la lâcha alors, préférant la voir déterminée qu'abattue, et enclenchant son clignotant, reprit sa route.

— Tu as une idée de comment ils ont pu nous trouver ? demanda—t—elle alors en fixant la route.

— Non, aucune… Mais ton macchabée nous a dit qu'on lui avait montré une photo…

— Oui, c'est étrange… mais tu te rends compte qu'ils savaient qu'on avait des enfants ? Comment l'ont—ils su ?

— Je ne sais pas du tout…

Phileas passa les vitesses pour aller plus vite. Être en voiture sur les routes lui donnait l'impression d'être coupé du monde… Il était inactif et cela le rendait malade.

— Phileas… pourquoi on n'a pas tout de suite pris la voiture pour les poursuivre ? s'indigna alors Adélaïde, replongeant dans l'effroi. Pourquoi on n'a pas pensé à ça ?

L'homme du club, étonné, ne répondit pas tout de suite… Il avait couru pour revenir à la maison retrouver Adélaïde, elle s'était effondrée dans ses bras… ensuite c'était déjà trop tard ? Tentant de réfléchir objectivement à tout ça, il tenta de se justifier en estimant qu'ils auraient eu plusieurs minutes de retard sur la voiture, que le choc leur a fait perdre du temps… Et puis comment la retrouver ?

— Je… je ne sais pas, avoua déconfit Phileas de sa propre responsabilité.

— Mon Dieu, est—ce qu'on est de mauvais parents ? pleura de nouveau Adélaïde.

— Non… non, on n'aurait pas pu… on n'aurait pas pu… s'exclama Phileas pour accepter la vérité.

Paralysé, horrifié de cette possibilité, Phileas eut tout de même du mal à accepter l'idée que cela n'aurait servi à rien d'essayer, que cela ne changeait rien, mais c'était dur. Et pourtant, c'était vrai. C'était déjà trop tard… à cause du manque de balles dans cette foutue arme bon sang, et à cause de ces fatales minutes d'avance qu'ils avaient pris… Pourtant, de ne pas y avoir pensé lui donnait à lui aussi l'impression d'être un mauvais père… Ne pas l'avoir pensé ni tenté lui faisait mal au cœur… Il aurait peut—être pu les retrouver, peut—être… Mon Dieu.

— Comment va—t—on faire ? On n'a pas le droit de mêler la police à tout ça, on ne peut pas… comment on va expliquer ça aux gens ? rappela en plus Adélaïde alors que son horizon devenait noir. Comment on va faire ?

— On va devoir être forts tous les deux, on va devoir tenir le coup, pour nous et les enfants... mais on ne sera pas seuls, les autres vont nous aider !

*

Huit heures plus tard, Phileas et Adélaïde arrivèrent enfin à la concession automobile servant de couverture au *Service*. Entrant avec leur voiture, ils se rendirent directement au parking souterrain pour se garer. Ils n'avaient pas envie de rentrer à leur maison, cela leur était inimaginable... ils voulaient directement commencer à enquêter, ils avaient déjà perdu assez de temps. Les deux époux montèrent donc dans l'ascenseur secret et descendirent jusqu'au niveau permettant d'accéder à la structure du *Service*. Ils étaient redevenus des agents. Les deux parents en pleurs suite à l'enlèvement leur avaient fait place, dorénavant habités par la colère, et Phileas acceptant désormais d'affronter tout ça ralluma alors enfin son portable, saturé d'appels manqués, de messages vocaux et de SMS. Totalement hermétique, il lut ainsi avec neutralité et distraction les témoignages de compassion, d'inquiétude, d'incompréhension, et de panique.

— Qu'est ce qu'ils disent ? demanda Adélaïde.

— Les choses habituelles, les incompréhensions, la peur, la demande de détails, est—ce que c'est une blague ? Pourquoi est—ce que je ne réponds pas ?

— Je peux lire... ?

Adélaïde se pencha sur lui et commença à lire au fur et à mesure du défilement. Beaucoup de messages venaient de

Chloé et surtout de Wanda, la fille de Phileas, qui semblait abattue et annonça immédiatement revenir d'Italie. Les autres provenaient quant à eux des Cavaliers, des Reines et de leurs collègues… beaucoup pour les soutenir, sans toutefois trop trouver les mots… et alors que les deux époux étaient plongés dans leur lecture, les portes de l'ascenseur s'ouvrirent plus vite qu'ils ne l'auraient imaginé. Sans préparation pour affronter ces regards, Adélaïde et Phileas se retrouvèrent en face de dizaines d'agents affolés et courant dans tous les sens mais qui s'arrêtèrent instantanément de parler et de bouger à leur vue, compatissant. Les deux parents, en plus de leur tristesse furent immédiatement horriblement gênés de la situation, et sortirent mal à l'aise de l'ascenseur. Tous pouvaient lire sur leur visage leur peine et leur chagrin mais surtout la honte de supporter ces regards…

— Pas un mot ni rien s'il vous plait, lâcha Phileas. On est assez sous le choc, et pour l'instant…

Phileas ne termina pas sa phrase… mais le personnel sembla comprendre. Soulagé, il reprit alors les choses en main.

— Bien, qu'avez—vous ? demanda—t—il en enlevant sa veste pour démarrer les hostilités.

Les agents se remirent au travail dans un brouhaha inaudible, mais quatre d'entre eux se présentèrent aux deux parents. *Gadget,* chef de la section de recherche en équipement, Benjamin Johns, coordinateur de la section de recherches, Jean Luc Merkel, second médecin—chef, et Scott Italius, l'agent qui pourrait s'apparenter comme étant le meilleur ami de Phileas.

— Lagarde est parti pratiquer les autopsies sur place monsieur, annonça Merkel.

— On a déjà le rapport préliminaire de nos équipes envoyées là—bas, révéla ensuite Johns. Tous les hommes que vous avez abattus sont membres d'une unité commando renvoyée de l'armée il y a cinq ans et exécutant des missions en tant que mercenaires. C'était des types lambda mais professionnels.

— Bien, je veux un rapport sur leurs activités et sur où et comment on peut les contacter pour remonter la filière, s'exclama Phileas.

— Vous avez vu la plaque ? La marque de la voiture ? demanda Johns qui nota en même temps des informations sur son PAD.

L'homme du club ferma les yeux et revécut la scène non sans émotion…

— Une A3 noire immatriculée au Luxembourg, ZC 4740, répondit—il.

— Bien, on va se renseigner.

— Madame ! fit Daniels en arrivant rapidement de son bureau.

— Oui, lui répondit *Méphala*, les yeux fatigués et humides.

— On a fait protéger la demeure de vos parents… au cas où.

— Bien, merci Billy, merci beaucoup.

— Comment ont—ils pu vous trouver Phileas ? Ou vous madame ? leur demanda alors leur avis *Gadget*. Nous avons supprimé toute trace d'Adélaïde Sureau d'Internet et des registres officiels, quels qu'ils soient quand vous êtes devenue agent *Double Zéro* à l'époque, madame. Et on a revérifié notre travail tous les jours durant des mois, comme pour tout le monde.

— Et de plus, la maison était à mon nom de Suzanne Sudowski, identité que je n'ai jamais utilisée jusque—là, rajouta *Méphala* en complément d'information.

— Cela soulève beaucoup de questions, avoua Phileas pour lui—même.

— Exact, répondit sa femme, redevenue la directrice et faisant comme s'il avait parlé à tous. On ignore donc beaucoup de choses, comme nous ignorons comment ils ont pu savoir qu'on avait eu des enfants et comment ils ont pu obtenir une photographie de nous. Ce qui fait que nous avons énormément de travail à abattre, donc je veux que Johns vous coordonniez toutes les unités de recherches pour obtenir toutes ces réponses, reçu ?

— Bien madame, annonça celui—ci en repartant.

— *Gadget*, je viens seulement de réaliser que nous avons peut—être été très bêtes, entre autres tas d'erreurs. Allez vérifier s'il n'y a pas de signal traceur sur notre voiture ! ajouta—t—elle.

— Bonne idée. Quand la bande sonore sera arrivée, je l'analyserai également personnellement.

— Oui, désolé, on n'a pas pensé à la prendre. On a fait beaucoup d'erreurs… je me demande même si on n'aurait pas dû rester là—bas.

Phileas soupira… en effet, peut—être qu'ils auraient dû rester sur place…

— Bien. Scott ? demanda *Méphala*.

— Oui ? demanda l'agent.

— Vois avec tes contacts dans la police, préviens Darignac… Il faut que la police soit au courant de l'enlèvement, qu'ils fassent placarder partout le visage des enfants, mais surtout, il ne faut pas qu'ils s'intéressent à nous !

— D'accord Adé…

— Oh, et appelez—moi tous *Méphala* ! s'écria Adélaïde.
Sur ces derniers mots, redevenue furieuse, elle voulut s'en aller vers son bureau pour être seule quand une voix masculine et familière se fit entendre.

— Il faut aussi surtout qu'une équipe soit chargée de trouver où sont les enfants, tandis qu'une autre devra être chargée de trouver comment ils ont été découverts, s'exclama—t—elle.
Phileas et Adélaïde tournèrent la tête, surpris, pour constater qu'il s'agissait d'Alfred. Que faisait—il ici, et accompagné ? Il n'était pas membre du *Service* !

— Ça, c'était évident. Qui vous a laissé entrer ? s'étonna *Méphala*.
Alfred fronça les sourcils.

— Jeune fille je mettrai cela sur le compte de ta peine, mais ne joue pas au chef avec moi… Ce n'est surtout pas le moment.
Méphala s'offusqua… mais sa colère retomba et elle s'excusa immédiatement.

— Je suis désolée… je suis juste furieuse contre la fatalité… et contre moi—même.

— Ce qui est compréhensible, annonça avec chaleur Alfred.
Phileas esquissa un sourire mitigé. Il était là en tant que père, ami, grand—père, mais surtout cette fois il le savait comme ancien agent de la DGSE, et cela lui mit du baume au cœur qu'il veuille ainsi mettre la main à l'ouvrage.

— Merci papa.

— De rien…

Chloé à leur tête, toute la petite troupe de visiteurs se présenta alors à Adélaïde et Phileas et les prirent dans leurs bras.

— Nous sommes désolés, annonça la Reine d'Or les yeux rouges d'avoir pleuré en apprenant la nouvelle. Nous sommes si désolés… On ne sait pas quoi dire…

— Merci… avoua Adélaïde, heureuse de sa présence.

Les têtes défilèrent, Carolina, Camilla, Sublime, Charles, Timothy et Hector, et Adélaïde et Phileas eurent droit à tous les mots d'accompagnement du monde. Mais l'heure n'était cependant plus au désarroi, ils avaient du boulot…

— Tu leur dis ? demanda Phileas en lisant presque dans les pensées de sa compagne.

— Oui… lui répondit—elle, avant de se tourner vers leurs amis. Écoutez, je sais que vous êtes là pour nous soutenir… mais vous feriez mieux de vous en aller. Vous n'avez rien à faire ici et je vous promets qu'on vous tiendra informés, annonça—t—elle sincère.

— Non, fit Alfred. C'est plutôt l'inverse.

— Je te demande pardon ? s'étonna de son toupet la jeune femme.

Phileas tourna la tête vers son père, également surpris.

— Je n'ai aucune autorité sur vous, je le sais, mais je vous ordonne de rentrer chez vous vous reposer.

— Quoi ? annoncèrent en chœur étonnés les deux parents.

— Je vous certifie que vous aurez des nouvelles dès la première heure, renchérit le Cavalier ferme.

— Attends, tu te fous de moi ? s'exclama de nouveau Adélaïde, qui n'en croyait pas ses oreilles.

— Votre fatigue et votre douleur vous rendent inefficaces et vous le savez. Vous feriez mieux de partir !

— Je…

— Il a raison Adélaïde, ajouta avec empressement Chloé. C'est mieux que vous vous reposiez, vous en avez besoin.

— Attends, tu ne vas pas t'y mettre toi aussi !

Adélaïde, embarrassée d'une telle insolence, son autorité zappée devant tous les agents dont elle était la cheffe, se gratta les cheveux. Elle était contrariée, et les regards en coin de son assistant et de Merkel qui ne savaient pas trop où se mettre n'arrangeaient rien.

— Madame, ils ont raison, intervint cependant Daniels pour tenter de la convaincre d'accepter de plier. Personne ici ne peut comprendre votre désarroi, et vous avez envie d'agir de tout votre être, mais il n'y a rien que vous puissiez faire de plus maintenant, alors allez vous reposer. On prend tout en charge, on est là pour ça…

— Je… voulut protester Adélaïde.

Elle regarda Phileas pour chercher le soutien de son mari, ne voulant pas être ainsi évincée de la recherche de ses enfants, mais cela se voyait qu'il était lui aussi fatigué…

— Vous avez peut—être raison, avoua—t—elle alors, faisant un gros effort en prenant sur elle pour agir avec clairvoyance.

— Il n'y a rien d'autre que vous puissiez faire maintenant de toute façon ma puce, reprit Alfred. Alors, laissez vos collègues et amis prendre le relais le temps que vous vous reposiez.

— J'ai l'impression de n'avoir aucune autorité quand tu me dis ça, se plaignit Adélaïde abattue.

— Adélaïde, je sais ce que c'est de vouloir remuer ciel et terre pour retrouver un être cher… Mais vous êtes avant tout leurs parents, et vous avez besoin de vous reposer, pour être en forme pour la suite… croyez—moi, le plus dur n'est pas arrivé.

La jeune femme acquiesça, amère, et au côté de Phileas, elle avoua sa faiblesse humaine et s'en alla par l'ascenseur en remerciant tout le monde.

— Mais vous, je veux que vous quittiez les lieux, surtout les filles ! Ce n'est pas votre monde, alors foutez—moi le…

La porte se referma et Adélaïde se tut. Dépitée, elle se résigna à laisser sa fierté au vestiaire et à ravaler le peu d'autorité et de confiance en elle qu'elle avait acquise depuis qu'elle était devenue la cheffe suprême. Tous étaient visiblement contre elle pour l'empêcher d'aider aux recherches alors qu'elle était leur supérieure et la mère des enfants… Ils avaient peut—être raison sur le fond, mais comment lui demander ça ? Et à Phileas ? Comment pouvaient—ils leur imposer de se reposer et de rester passifs ? Et surtout, comment diable pouvaient—ils penser qu'ils pourraient réussir à dormir dans pareil moment ?

IV

Après deux heures à essayer en vain de dormir, Adélaïde se leva pour aller prendre des somnifères. Obtenant l'effet escompté, elle dormit alors dix heures d'un sommeil de plomb, mais ce ne fut que pour être encore plus terrifiée au réveil. Des tas de choses avaient pu se produire durant ce laps de temps. On aurait pu tenter de la contacter pour passer un marché ou pire encore, on aurait pu retrouver le corps de ses enfants dans une rivière ou lui envoyer les doigts d'Adrien ou un œil de Jean… Elle ne put s'empêcher d'imaginer le pire, paniquée. Étant donné le monde dans lequel elle vivait, c'était presque naturel malheureusement. Adélaïde s'en voulut donc d'avoir préféré dormir, succombant à la culpabilité d'un tel égoïsme et à la peur, et descendit en toute hâte au rez—de—chaussée. Arrivant affolée, elle fut toutefois totalement calmée en voyant Phileas assis tranquillement à la table de la cuisine en train de déjeuner.

— Je… tu as dormi ? demanda—t—elle, inquiète.

— Trois heures quarante—sept minutes, répondit très précisément Phileas.

Adélaïde s'avança dans la pièce et s'installa en face de lui.

— Tu n'as pas réussi ou tu n'as pas voulu… l'interrogea—t—elle.

— Les deux. Je n'ai pas besoin de beaucoup de sommeil.

Adélaïde se servit une tartine de pâte à tartiner et commença à manger dans le calme. Son attitude froide et sans émotion… Cela l'affligeait, mais chose surprenante, cela l'apaisa également.

— Tu as…

— Je n'ai pas demandé d'informations au *Service*, la coupa—t—il, préconisant sa question. J'ai préféré penser à autre chose… et cela n'aurait en rien aidé les recherches à aller plus vite.

— Oui, oui, tu as raison. Bien.

La jeune mère ne dit plus rien. Complètement alanguie par son conjoint, elle termina son petit déjeuner sans un mot puis remonta pour aller dans la salle de bain. Peut—être avait—il raison de le prendre comme ça après tout, pensa—t—elle dans l'escalier. Avec retenue et détachement, pour ne pas devenir fou… C'était rationnel. Elle savait qu'il aimait les enfants, peut—être même plus qu'il ne l'aimait elle, s'il agissait avec stoïcisme ce n'était donc que pour éviter de s'autodétruire avant même qu'ils n'aient une information à se mettre sous la dent. Cela tombait sous le sens…

Adélaïde se doucha et s'habilla, puis nonchalante, redescendit pour aller s'installer au salon et attendre dans la peur. Elle, elle ne pouvait pas s'empêcher d'être tremblante et paniquée. C'était dans sa nature de mère, de femme… Et elle prit son mal en patience en rongeant ses ongles, morte d'inquiétude pour la chair de sa chair, quand cela sonna à la porte.

— J'arrive ! s'écria Adélaïde.

Se relevant avec hâte elle fonça avec entrain jusqu'à la porte d'entrer pour ouvrir, mais mélangée entre la déception et le ravissement elle constata que ce n'était que Wanda.

— Ah… salut Wanda… fit—elle, triste.

La jeune Italienne comprenant facilement sa déception ne répondit pas et la prit dans ses bras.

— Tu vas bien maman ? lui demanda—t—elle.

— Oui ma chérie, oui…

Adélaïde recommença à pleurer… Wanda l'entraîna alors à l'intérieur, referma derrière elles et l'installa sur le canapé.

— Tu tiens le coup ? Où est papa ?

— Je… il doit être dans son bureau, annonça incertaine Adélaïde.

Wanda la prit dans ses bras. Elle n'aurait peut—être pas dû l'appeler maman. Cela n'était pas très adéquat en la situation même si elle acceptait qu'elle la considère ainsi… Elle n'était que la fille de son mari et ses enfants venaient d'être enlevés… Quelle sotte elle faisait.

— Je ne sais pas quoi dire pour te réconforter, ma peine n'est pas la même que la tienne, mais sache que je suis de tout cœur avec toi Adélaïde, se risqua—t—elle à dire pour la soutenir.

Adélaïde acquiesça, touchée. Sa sollicitude la réchauffait énormément. Wanda était encore parfois une inconnue pour elle, et qu'elle l'aide à traverser cette épreuve signifiait beaucoup à ses yeux. Et puis elle était leur sœur, elle devait aussi en souffrir…

— Merci, répondit—elle. Merci de ton soutien.

La jeune Italienne la regarda dans les yeux, compatissante, émue par sa faiblesse, et la reprit de nouveau dans ses bras.

— Je… arrête, je t'en prie, j'ai passé des heures à essayer d'arrêter de pleurer, s'exclama—t—elle cependant, la voix s'étouffant nerveusement sous les sanglots. Arrête…

— Je n'y arrive pas Wanda, pleura de plus belle Adélaïde, j'essaye mais je n'y arrive pas, ils me manquent de trop…

Les larmes gagnant définitivement les yeux des deux femmes, elles pleurèrent abattues dans les bras l'une de l'autre. Elles étaient effondrées de cette horreur, anéanties… Leur disparition était invivable. Rien d'autre ne comptait que leur présence, plus rien n'avait d'importance ni de sens, tout était fade…

Phileas descendit les escaliers à ce moment—là. Attiré par les bruits de sanglot il regarda immédiatement dans leur direction.

— Wanda ? demanda—t—il étonné en voyant sa fille.

La jeune Italienne surprise se retourna vers lui et se leva.

— Papa… fit—elle en allant à sa rencontre.

Se précipitant dans ses bras, elle l'enlaça très fort.

— Je suis désolée papa… je suis si désolée… s'écria—t—elle en se serrant contre lui.

Phileas passa ses bras autour d'elle et la consola.

— Tu n'as pas à être désolée ma chérie… Tu n'y es pour rien…

Soulevant son menton, il la regarda dans les yeux, essuya ses larmes, puis l'entraîna sans rien dire dans la cuisine, où Adélaïde les suivit.

— Dès que j'ai reçu ton message, j'ai pris ta voiture et je suis venu, expliqua l'Italienne en s'asseyant à la table.

— Ma voiture ? demanda Phileas en sortant deux tasses pour leur servir un café.

— J'ai pris la Murcielago…

— Tu n'as pas eu trop de difficulté à la conduire ? s'étonna l'agent.

— Non… ça allait.

Adélaïde prit la main de sa belle—fille dans la sienne et la serra chaleureusement.

— En tout cas je suis contente que tu sois là Wanda, ça me fait plaisir, annonça—t—elle avant de s'installer à ses côtés.

— Merci Adélaïde… répondit l'Italienne. Qui est au courant ?

— Ton grand—père, le *Service*, quelques amis du club… annonça la jeune femme.

— Tes parents… ?

Adélaïde baissa les yeux, mal à l'aise.

— Non, pas encore…

Wanda ne fit aucun commentaire. Adélaïde ne trouvait certainement pas la force de les affronter. Pas tant qu'ils n'avaient pas avancé dans les recherches en tout cas…

— Tenez, fit Phileas en leur offrant les deux tasses.

— Merci Phil.

— Merci papa…

Phileas se servit un verre de jus de fruits pendant qu'elles avalèrent leur café et le but intégralement. Il regarda ensuite de façon évasive vers la fenêtre… Sa jeune fille prit alors son courage à deux mains et lui posa la question qui lui brûlait les lèvres.

— Comment fais—tu papa ?

— Comment je fais quoi ? lui répondit Phileas en tournant la tête vers elle.

— Comment fais—tu pour tenir ? Pour être si fort ?

Phileas baissa les yeux vers son verre vide, qu'il tenait encore en main, amer.

— Je préfère ne pas y penser… je pense à autre chose, et je fais confiance en je ne sais quoi pour qu'ils ne souffrent pas où qu'ils soient.

Wanda se satisfit de cette réponse. Il était un garçon après tout, il montrait moins ses émotions… Beaucoup disent que les pères ont moins d'amour pour leurs enfants que leur mère. Mais elle était certaine que c'était faux. Ils étaient juste plus forts… ou plus confiants.

Cela sonna de nouveau à la porte.

— Je vais ouvrir, annonça Phileas en posant son verre.

Sans rien dire les filles le suivirent du regard, tenues muettes par elles ne savaient quelle force, et attendirent de savoir de qui il s'agissait.

— Ah, salut papa, entendirent—elles.

— C'est ton grand—père, s'exclama déductive Adélaïde.

— Oui…

Les deux jeunes femmes regardèrent Phileas revenir avec Alfred, habillé du même costume noir sur une chemise blanche au col déboutonné et sans cravate que la veille, et portant un gros dossier sous le bras. Sans se lever, démoralisées, elles le saluèrent de la tête. L'ancien agent de la DGSE vint malgré tout leur faire la bise.

— Comment allez—vous ? demanda—t—il.

— Salut papy, ça va ? parla Wanda sans répondre à sa question.

— Autant que possible en ces circonstances…

Adélaïde fit la bise à Alfred mais n'ouvrit pas la bouche. Le vieil homme, compréhensif, ne s'en offusqua toutefois pas et s'installa à table.

— J'ai des nouvelles, commença—t—il pour en venir au vif du sujet.

— Bien, fit Phileas en s'asseyant également.

— Tout d'abord, Cerebro va bien… s'exclama Alfred.

Philcas s'effara immédiatement.

— Bon sang ! J'ai oublié Cerebro là—bas, quel con !

— Oh, ne t'inquiète pas, il va très bien, se voulut rassurant son père. Quand l'équipe est arrivée, il reprenait connaissance et ils s'en sont occupés. Et ils ont d'ailleurs apprécié ton gigot Adélaïde…

— Ah oui, je l'avais oublié aussi, s'exclama la jeune femme sans toutefois s'en traumatiser.

— C'est normal après un tel choc d'oublier son dîner dans le four, reprit Wanda en la regardant.

— Ouais mais son chien, s'indigna Phileas.

— Papa ! On nous a enlevé Jean et Adrien. Cerebro est grand il sait se débrouiller. Il comprendrait j'en suis sûr.

— Mouais… ça ne m'ôtera pas de l'idée que j'ai oublié mon chien…

Phileas se renfonça dans sa chaise. Ce n'est pas que son chien comptait plus que ses enfants… mais il avait l'impression d'ajouter une erreur de plus à une longue liste.

— Bon, ensuite, on a les résultats de l'autopsie de vos agresseurs, coupa court Alfred… et il y en avait un encore vivant au passage.

— Ah bon ? demanda étonnée Adélaïde.

— Oui, celui à qui vous avez enfoncé la griffe de jardinage dans l'entrejambe.

— C'est moi, confirma Phileas. Il a dit quelque chose ?

— Non… il est mort en suppliant de l'aider.

— Que révélait d'intéressant l'autopsie ? On a des noms ? questionna Adélaïde.

— Ils avaient tous des restes de plats italiens dans l'estomac. On enquête actuellement sur les restaurants de là—haut proposant ces menus. On pense pouvoir aussi localiser le lieu où ils résidaient en attendant de passer à l'attaque… On a leur nom oui, et on a surtout obtenu ceux des membres encore vivants de l'unité, mais manquants sur les lieux du crime.

— Vous pensez qu'ils étaient dans le coup ? demanda timide Wanda, qui n'y connaissait pas vraiment grand—chose.

— Il s'agit peut—être de ceux qui ont enlevé les enfants et qui conduisaient la voiture, lui répondit Phileas.

— Exactement, affirma Alfred. Patrick Allain, Albert Adams Schmitt, et Christophe Patoz. On essaye de savoir où est leur domicile actuel. On enverra une équipe sur place.

— Comment peut—on les contacter ? demanda Adélaïde.

— Ils sont assez connus des autorités. Ils avaient rejoint une milice radicale d'extrême droite et étaient installés dans le sud. Aux dernières nouvelles c'est toujours le cas. Un campement au nord de Marseille.

— Qui a été envoyé là—bas ? interrogea la jeune mère.

— L'unité d'intervention se prépare.

— Bien.

— On aura un rapport dans les quarante—huit heures, compléta Alfred.

— L'Audi ? demanda alors Phileas.

— Fausse plaque, tu peux t'en douter, révéla le Cavalier. Mais on a donné son signalement partout dans le pays afin de faire des contrôles sur toutes les A3 noires. Sans compter que quarante hommes et femmes enquêtent à Bretignolles pour les retrouver grâce aux indices dans la propriété et aux caméras de surveillance qu'il pourrait y avoir en ville. Sait—on jamais.

On ne sait toujours pas comment ils ont fait le lien entre nous et la maison, reprit Adélaïde. Ni surtout comment ils ont su où on était et qu'on avait des enfants.

— On cherche encore... *Gadget* vous fait dire qu'il n'y avait rien sur la voiture d'ailleurs.

— La bande sonore ? se renseigna Phileas.

— Aucune empreinte digitale, le magnétophone et la cassette sont trop vieux pour qu'on puisse remonter la piste. Quant à la voix…

— Elle parait étrange hein ?

— Oui, elle me rappelle les années soixante, avoua Alfred.

— Le doubleur Eric Pohlmann dans *Opération Tonnerre* ou bien même *Fantômas*, annonça Phileas. Ironique.

— Exact. Ce qui nous a laissés penser à *Gadget* et à moi que la bande avait été trafiquée… Ce qui est bien le cas. Mais malheureusement on l'a convertie numériquement sans que cela donne quoi que ce soit.

— Un coup d'épée dans l'eau en somme, résuma Phileas.

— Désolé. C'est tout ce qu'on a pu avoir pour l'instant, s'excusa presque Alfred.

— Tu…. Vous avez fait ce que vous pouviez avec ce que vous aviez. On vous doit déjà beaucoup.

— La police ? demanda alors Adélaïde.

— Prévenue. L'avis de recherche est lancé. Même Interpol est au courant, lui annonça—t—il.

— Est—ce qu'on risque d'avoir des problèmes avec eux ?

— Non, vous êtes le conte et la contesse D'Allegra. Ils ne vous importuneront pas.

— Bien, fit Adélaïde sèche en se levant pour aller s'enfermer dans sa salle de bain, on n'est pas plus avancé, alors si vous avez besoin de moi je serai en train de m'exercer au tir au *Service*.

Alfred la rappela.

— Adélaïde ? s'exclama—t—il haut et fort.

— Oui, demanda la jeune femme.

— Je veux que vous sachiez, tous les deux. N'ayez pas de remords. Au—delà de la culpabilité que vous pourriez ressentir, et qui est totalement fausse par rapport à l'enlèvement, il n'y a rien que vous ayez mal fait, leur annonça Alfred.

— Je…

— Comment ça ? demanda Phileas.

— Même si vous pensez avoir fait des erreurs, ils étaient préparés et ce n'était pas un enlèvement ordinaire en échange d'une rançon.

— Que veux—tu dire grand—père ? demanda Wanda.

Alfred les regarda tous les trois tour à tour.

— Je veux dire que même si vous aviez pris la voiture ils vous auraient échappé, car ils étaient très bien organisés. Et perdre huit heures pour revenir ici ne fut pas non plus une erreur de jugement. Vous n'auriez rien pu faire de là—bas, et c'est ici que votre présence sera la plus efficace, là d'où vous pourrez vraiment agir. Ils n'avaient pas l'intention de vous envoyer une lettre de rançon ou d'autres menaces, c'était un rapt dans le seul but de vous les retirer. Ils n'ont pas l'intention de vous les rendre. Alors, sachez—le, vous n'avez pas mal agi ! Rester là—bas aurait été inutile.

Adélaïde baissa les yeux. Elle fut touchée par ses mots.

— Je… merci. Merci de tout cœur.

— Et si on avait prévenu la police tout de suite ? Si j'avais pensé à donner l'immatriculation de la voiture ? demanda Phileas.

— Fiston, même si vous aviez appelé le *Service* tout de suite, que se serait—il passé ? Le temps qu'un satellite soit déployé, ils auraient déjà disparu de toute façon. Et ce n'est pas comme si vous aviez pu faire surveiller les environs dans les dix minutes. C'était Bretignolles sur Mer, c'est un lieu calme et tranquille, c'est pour ça que vous y étiez !

Phileas serra son père dans ses bras. Entendre ça… cela lui fit du bien. Il avait raison, il n'avait pas à penser qu'il avait mal agi. Il n'y a rien qu'il aurait pu faire d'autre. Ce n'était pas un enlèvement ordinaire, et ce n'était pas des ravisseurs ordinaires. Rester sur place, laisser Adélaïde et prendre la voiture n'y aurait rien changé… Même laisser son téléphone allumé n'y aurait rien changé. On n'avait pas l'intention de communiquer avec eux, de leur demander une rançon ou quoi que ce soit d'autre. C'était juste une extraction…

V

Lundi 29 avril, 21h43.

Périphérie forestière d'une des centrales électriques alimentant la ville. Phileas entièrement vêtu de noir fit signe à son équipe que la voie était libre. Discrètement, ils passèrent alors entre les arbres pour le rejoindre.

— Tout le monde est là ? chuchota—t—il.

— Oui, tout le monde, répondit un agent.

— Lunettes de visée nocturne, ordonna—t—il.

Sans un bruit, les dix hommes descendirent sur leurs yeux leurs lunettes de nuit et les activèrent. Vingt feux follets verts de la taille de balles de golf apparurent alors soudain parmi les arbres, et fusils anesthésiants en mains ils se déplacèrent progressivement vers la grille de sécurité délimitant le périmètre. Lorsqu'ils y arrivèrent, l'agent Johnson sortit sa tenaille isolée et découpa le grillage.

— H moins quinze minutes… rappela un agent.

— C'est bon, j'ai fini, répondit Johnson.

Il rangea rapidement son outil et tira le grillage vers lui pour ouvrir la brèche.

— Homme à dix heures, s'exclama un autre agent.

— Je l'ai, s'exclama un autre, qui tira dans l'individu pour l'endormir.

L'agent de sécurité tomba à terre sans que cela n'alerte personne. Phileas sortit son détecteur de chaleur par satellite. Il y avait encore une dizaine de gardes en train de faire leurs rondes…

— Allez, on y va, fit—il.

L'unité commando se déplaça en formation serrée jusqu'au mur sud, armes en joues, tandis qu'un des agents traina l'homme endormi dans les bois. Arrivés à cette position, ils attendirent alors calmement et sans bouger jusqu'à ce que les gardes passent à leurs portées. Ils en endormirent ainsi sept.

— Plus que dix minutes, s'exclama un des agents.

Phileas regarda sa montre. Ils approchaient du créneau... Vérifiant son téléphone, il lut les messages. Les autres équipes sur les autres sites d'alimentation de la ville, à l'Est, au Sud et au bord du fleuve étaient également prêtes. Attention...

— Trois… deux… un, c'est parti ! ordonna—t—il.

Les dix agents se mirent à courir à toute allure vers l'entrée du site.

— Garde à une heure.

— J'ai ! s'exclama un agent sans manquer sa cible.

— Un autre à onze heures !

— J'ai ! s'exclama un autre.

Phileas et son équipe s'avancèrent sans une seule fausse note jusqu'à la porte d'entrée du complexe. Malheureusement ce n'était qu'à partir de maintenant que cela allait vraiment devenir difficile, car utiliser une EMP aurait été l'idéal, mais cela risquerait de paralyser la ville trop longtemps, ce qui pourrait s'avérer très fâcheux, voire mortel. Il fallait donc qu'ils coupent l'alimentation générale eux—mêmes après avoir immobilisé tout le personnel, puis qu'ils la réenclenchent au bout d'une dizaine de secondes.

— Prêts ?

Les agents acquiescèrent de la tête... Ils retirèrent alors tous leurs lunettes de visée nocturne, ouvrirent rapidement la porte, entrèrent comme des balles, et commencèrent à tirer sur tout ce qui bougeait.

— Timier, allez ! s'écria Phileas.

L'agent Timier acquiesça et partit devant. Il avait étudié et appris la manœuvre à suivre par cœur, c'était lui qui couperait le courant. Les autres n'étaient là que pour s'occuper du personnel.

— Go ! Go ! Go !

L'agent Johnson lui avait pour mission particulière d'aller couper l'éclairage du site, pour leur permettre d'agir dans le noir et faciliter la maîtrise du personnel. Il disparut deux minutes avant que la lumière ne s'éteigne ainsi complètement. Remettant rapidement leurs lunettes, les hommes du *Service* entreprirent alors méthodiquement d'endormir tout le monde.

— Plus que trois minutes !

L'agent Timier ne répondit pas... il était déjà sur le coup... et lorsque le cadran lumineux bleu de chacune de leur montre passa finalement de 21:59:59 à 22:00:00, l'électricité alimentant la ville fut coupée. Leur mission accomplie, les dix agents préférèrent alors ne pas penser aux incidents que cela déclencherait dans l'agglomération... mais d'après leurs estimations, dix secondes ne devraient toutefois pas faire trop de mal. Tout au plus quelques ascenseurs coincés, trois douzaines de milliers de consoles, de télés et d'ordinateurs coupés, rien de très grave en soit. Et les voitures avaient leurs phares... Quant aux hôpitaux, la perte d'alimentation ne devrait pas gêner, on faisait rarement d'opérations risquées à cette heure—ci et surtout ils avaient des groupes électrogènes.

Phileas regarda son portable. Les autres équipes avaient également réussi avec succès.

— Allez, on remet ! s'exclama—t—il à 22:00:08.

Deux secondes plus tard, tout revint à la normale. Et lorsque le personnel reprit conscience, courant avec la police dans tous les sens, la lumière était revenue sur le site mais la petite troupe d'agents était déjà partie sans laisser ni message ni trace.

VI

Phileas était assis à son bureau, le journal à la main, un jus de raisin dans sa tasse à café. « *ATTENTAT RATÉ OU MAUVAISE BLAGUE ?* » titrait le Républicain Lorrain. Regardant en pages deux et trois, Phileas s'empressa de lire l'article faisant état de leur raid nocturne de la veille. Par chance il n'y avait eu que des blessures anodines lut—il, l'article ne faisait état d'aucun mort ni d'aucun blessé grave. Extrêmement soulagé, il souffla. Il s'en serait terriblement voulu s'il y avait eu des victimes par leur faute… Refermant le quotidien puis le pliant et le déposant sur un coin de son bureau, Phileas termina son jus de raisin. La police et le gouvernement avaient annoncé vouloir faire la lumière sur cette attaque simultanée non revendiquée, mais ça, il ne s'en souciait guère. D'ici à ce qu'ils soient découverts, ils seraient tous morts de vieillesse… La seule vraie question était en fait de savoir si le kidnappeur leur ferait passer un message pour signifier sa bonne intention… et c'était tout ce qui comptait.

Quelqu'un frappa à la porte.

— Entrez, fit Phileas en allumant son ordinateur.

Tandis qu'il recentra son attention sur ses occupations journalières obligatoires, Corie, son assistante, passa mal à l'aise la tête par l'entrebâillement.

— Monsieur ? demanda—t—elle.

— Oui Corie ?

Timidement la jeune femme s'avança jusqu'à son bureau.

— Je… personne n'ose trop venir vous importuner, mais sachez qu'on est tous de tout cœur avec vous. On vous soutient et on fera tout pour vous aider à les retrouver…

Phileas surpris la regarda dans les yeux pris de court. Cela devait certainement lui être dit, et qu'elle ait pris son courage en mains pour le faire aurait dû le flatter… mais à cette heure—ci de la journée, presque trois jours après le rapt, cela le prit au dépourvu.

— Merci, répondit—il juste, embarrassé, merci à tous.

Corie acquiesça, consciente de la gêne qu'elle lui avait causée, et repartit pour regagner son office quand Phileas la rappela.

— Corie, vous avez de la famille ? s'exclama—t—il.

La jeune secrétaire se retourna, surprise, et répondit.

— Euh… oui, j'ai ma mère… et j'ai un petit ami.

Phileas attrapa les feuilles disposées sur son bureau et tapa du tranchant dessus pour les aligner.

— Prenez votre journée, allez passer du temps avec eux, profitez d'eux, annonça—t—il.

— Je…

— Prévenez également les autres agents, tout le monde. Ceux qui le veulent peuvent prendre le reste de la journée. J'en informerai Adélaïde…

— Monsieur… Je préfère rester sauf votre respect, lui répondit Corie.

— Pourquoi ? demanda l'agent en levant les yeux vers elle.

— Même si vous êtes mon supérieur, je vous considère comme un ami. Je sais par exemple que si j'avais un ennui grave, vous accourreriez personnellement pour m'aider, je le sais, car vous êtes comme ça. Alors je veux rester à vos côtés et à ceux de votre femme. Car une amie se doit d'être là pour ceux qui comptent pour elle.

Phileas la regarda touché, concéda difficilement à sourire, et se leva pour contourner son bureau et aller la prendre dans ses bras. La jeune femme quelque peu étonnée en fut toutefois profondément heureuse et se risqua à passer ses bras autour de son cou et à répondre à son étreinte affective. Après plusieurs instants enlacés ensemble, elle se laissa même prendre à cet égarement professionnel et lui fit un bisou sur le front.

— Corie… la reprit Phileas.

— Pardon monsieur ! C'est juste que vous comptez beaucoup pour moi et cela me touche ce que vous venez de…

— Corie, idiote. C'était juste pour dire qu'« *accourreriez* » est un temps qui n'existe pas, lâcha avec amusement Phileas.

— Je… fut embarrassée la jeune femme en s'écartant de lui.

— Cela fait très tache sur votre CV, sourit Phileas.

Corie se gratta le nez, horriblement confuse.

— Je suis morte de honte monsieur, fit—elle.

— Pour votre faute de conjugaison ou pour votre démonstration affective ? ricana finalement Phileas.

— Je… vous allez me virer ? demanda—t—elle, nerveuse.

— Bien sûr que non.

— Même pour ce baiser ?

— Bisou Corie, ce n'était qu'un bisou.

— Je…

La jeune blonde se retira du bureau de Phileas sans même finir sa phrase et courut s'asseoir au sien, honteuse.

L'homme du club s'en amusa… Les femmes étaient si versatiles.

*

Par solidarité personne ne voulut prendre congé. Ils préférèrent tous au contraire arrêter de travailler sur les différentes affaires en cours pour s'occuper du rapt plutôt que de leur faire faux bond. Philéas et Adélaïde furent très touchés par une telle entraide de leur part et en eurent les larmes aux yeux. Redoublant d'efforts et de courage, ils donnèrent alors pleinement la main à la pâte dans les recherches pour obtenir les pièces manquantes du puzzle… Malheureusement il leur manquait tellement d'informations que cela s'avéra sans succès. Ils n'obtinrent rien. Même le raid sur le camp d'extrême droite où vivaient les membres du commando fut une impasse et ils ne purent rien en apprendre. Tout le monde était déjà mort, assassiné par l'*Organisation* probablement. La seule information que leurs hommes eurent avant de devoir quitter les lieux était que les trois membres de l'unité encore vivants n'étaient pas sur les lieux… Mais même cela ce n'était rien… d'autant qu'à côté de ça la police et les agents à Bretignolles n'avaient toujours rien trouvé à propos de l'Audi. Ni nulle part ailleurs.

— Donnez leur signalement à la police, qu'ils soient recherchés, cela sera ça de pris déjà, annonça découragée Adélaïde.

— Bien madame, répondit Johns.

— Si on me cherche, je serai dans mon bureau…

Adélaïde se redressa de sur le bureau où elle s'était affalée de désespoir et regagna son office. Sachant que de par nature, même s'il était plus ferme et plus dangereux, il valait mieux parler avec Phileas, Johns au nom de beaucoup se risqua alors à profiter de son départ pour s'entretenir avec l'agent.

— Monsieur ? demanda—t—il.

— Oui ?

— Je... quelle est votre décision par rapport à leur demande. Y avez—vous songé ? interrogea—t—il avec sérieux.

— C'est à dire ? s'étonna Phileas.

— Est—ce que vous allez arrêter de vouloir nuire à l'*Organisation* ?

Phileas le regarda dans les yeux, dur, puis regarda tous les agents autour qui le fixaient eux aussi avec attente.

— Écoutez tous ! Vous allez peut—être me trouver horrible, monstrueux, mais nous sommes la justice, nous devons donc retrouver mes enfants coûte que coûte, mais ce n'est pas pour autant qu'on devra fermer les yeux sur leurs exactions ! s'exclama—t—il.

— Mais vos enfants risquent gros, s'indigna l'assistante de l'agent *Deux*.

— Mes enfants ne risquent rien, j'en suis certain.

— Qu'est—ce qui vous permet de les mettre en danger sur une affirmation personnelle ? s'étonna un agent de recherche.

Phileas tourna la tête vers lui, l'œil noir.

— Si l'homme à la tête de l'*Organisation* les a enlevés avec l'optique de les tuer, qu'on agisse ou pas contre eux n'y changera rien, c'est de la monnaie de singe, répondit—il.

— Vous pensez vraiment que quoi qu'on fasse il ne les tuera pas ? demanda *Gadget* incertain.

— Il ne l'a pas précisé dans son message… Un homme aussi mauvais et intelligent que lui l'aurait forcément souligné si c'était son intention.

— Mais…

— Pourquoi enlever les enfants et ne pas simplement nous tuer ? Hein ?

— Ils ont failli vous tu…

— Non, parce qu'on s'en est mêlé. Réfléchissez, ce sont des terroristes. Ils n'auraient pas endormi mon chien pour ensuite nous tuer, ils auraient tout fait sauter, ils en ont les moyens. Ils veulent nous faire peur en nous volant les enfants. Ils veulent nous tenir en laisse parce qu'on leur fait peur. Ce n'est qu'une menace !

— C'est pour nous museler ? demanda Corie, sortant du lot.

— Mais réfléchissez bon sang, pensez en stratèges ! S'ils nous avaient tués, s'ils tuaient les enfants, on serait déterminés, on serait toujours aussi dangereux ! Mais s'ils nous enlèvent les enfants, s'ils nous menacent de ne plus nous les rendre. Là ils nous tiennent par la peur.

— Oui mais ils peuvent tuer vos enfants monsieur. Ce sont des monstres, vous l'avez dit vous—même.

— Exact… mais s'ils le font, ils savent qu'on sera pire qu'avant… Si on n'était rien pour eux ils ne se soucieraient pas de nous… Mais on est une épine dans leur pied, et la seule chose à faire est de nous tenir à l'écart par cet acte. Le pouvoir de la peur.

— Je… j'ai du mal à croire que vous puissiez vraiment avoir confiance en vous quand vous dites cela, parla un agent.

Phileas soupira.

— Que feriez-vous à leur place ? Vous tueriez gratuitement deux nourrissons pour nous donner une leçon ou vous nous menaceriez de ne plus jamais les revoir si on ne se tient pas tranquille.

— Oui je suis d'accord avec vous monsieur, s'exclama Corie. Mais si on continue à leur nuire, ils risquent finalement de décider de les tuer.

— Ils ont déclaré cette guerre... s'ils espèrent la gagner, ils vont devoir s'en tenir à ça. Les menacer de mort signifierait signer leur propre exécution... Je ne m'arrêterais jamais de les pourchasser, surtout si mes enfants sont morts.

— Cela ne gêne pas les terroristes extrémistes de tuer des enfants, pourquoi cela gênerait l'*Organisation* ?

— Les extrémistes sont des cons finis... Ils veulent faire passer un message par une mort, car ils sont intolérants et veulent imposer leurs idées... L'homme qui a fait enlever mes enfants est au-dessus de ça. C'est un monstre, mais ses motivations ne sont pas les mêmes, cela fait la différence, car dès lors il agît avec stratégie et minutie et non pas par lâcheté et bêtise. Et surtout, lui il veut nous stopper, pas nous imposer ses idées...

— Et donc ?

— Et donc il veut nous tenir en laisse, pas déclencher un conflit et nous terrifier.

Plus personne ne parla. Tous trouvaient extrêmement dangereux et inconscient de penser comme cela, mais ils n'arriveraient pas à le faire changer d'avis. Et puis il fallait admettre qu'il avait certainement raison... Tout dans le comportement de cet homme allait dans son sens. Et comme la mort de *D* n'avait rien changé, il avait sûrement voulu changer de méthode... Tout ce que Phileas disait était censé... mais c'était jouer avec le feu.

— Enfin, réfléchissez ! reprit—il. S'il les tue, il devra nous tuer tous ! Il ne veut pas d'esclandre, il ne veut pas déclencher une bataille qui se saura forcément par les officiels ! Il est logique et intelligent ! Il veut nous museler, pas risquer de nous affronter alors qu'il en sait aussi peu sur nous que nous sur lui !

— Bien, je suis avec vous, s'exclama *Gadget* en lui mettant la main sur l'épaule. Je vous fais confiance.

— Merci.

— Moi aussi, ajouta un agent.

Phileas balaya la salle du regard, scrutant les autres à la recherche d'un signe de soutien… mais il n'en trouva pas. Il avait pourtant besoin de leur confiance, s'ils n'étaient pas à 100 pour cent avec lui, cela leur serait néfaste à tous…

— Vous pouvez penser que je joue avec la vie de mes enfants, mais ce n'est pas le cas, reprit—il alors. Vous savez qui je suis, ce dont je suis capable. Il le sait aussi… Je suis capable d'être un monstre sans cœur, une ordure sans nom… et je me montre de la sorte pour faire peur, pour qu'on n'ose pas toucher à mes proches. Croyez—moi, cet homme et moi ne nous connaissons pas beaucoup, mais je suis sûr qu'il sait qui je suis, ce que je suis… autant que je sais ce qu'il vaut.

— C'est un duel de force avec mes enfants au milieu, annonça Adélaïde en revenant dans la pièce, ferme, rancunière.

Les agents et Phileas tournèrent la tête vers elle, étonnés de son ton.

— Oui…

Adélaïde descendit l'escalier l'amenant dans la pièce lumineuse et se rendit en face de son époux sous les regards mitigés de la trentaine d'agents présents.

60

— Je ne peux pas te juger, j'ai aussi participé à tout ça, nous tous d'ailleurs, en nous battant pour la justice… Mais dis—moi juste une chose… tu es sûr de toi ? demanda—t—elle avec sincérité.

Phileas la regarda dans les yeux sans sourciller.

— Certain… tout nous l'a prouvé jusque—là.

Satisfaite, la jeune femme se jeta dans ses bras convaincue.

— Je te crois… je te fais confiance Phileas… fit—elle en se serrant fort à lui.

Phileas regarda les agents autour d'eux… Ils acquiescèrent de la tête quand leurs yeux se croisèrent. Leur mère avait foi en lui, alors ils auraient foi aussi…

— De toute façon, si on veut retrouver les enfants il nous faudra bien enquêter sur l'*Organisation*, annonça un agent.

— Oui, rien que de dire cela, ça aurait suffi, avoua Adélaïde. Je veux les retrouver.

— Bien, reprenons alors… fit Phileas.

Trois heures plus tard, alors qu'ils avaient recommencé les recherches, refusant d'abandonner bien qu'épuisés, une partie de l'équipe partie enquêter sur le lieu du rapt revint au Q.G., Lagarde à sa tête, avec ils l'espéraient, de bonnes nouvelles. Surprenant tout le monde et mettant une petite dose de gaîté dans leur journée à tous, Cerebro se trouvait avec eux. Marchant à leurs côtés égal à lui—même, il était joyeux et bavait, mais ce qui mit surtout de la jovialité dans une ambiance de fatigue et de course contre la montre, c'est qu'il sauta fou de joie sur Phileas lorsqu'il le vit.

— Bon sang, mon chien, tu m'as manqué ! s'écria l'agent en tombant à terre sous son poids, heureux de le revoir. Oh oui c'est un bon chien ça ! Un bon gros chien !

Cerebro lécha goulument le visage de son maître peu ravi, mais l'affection qu'ils se portaient se ressentit intensément, et beaucoup de sourires railleurs apparurent sur des visages.

— Oh le beau chien que c'est ça ! Hein ? Hein ?

Phileas joua encore un peu avec Cerebro, essuya la bave qu'il avait sur le visage d'un revers de main écœuré, puis se relevant, regarda les agents.

— Sans commentaire, fit—il.

— Non, aucun… se permit de dire une jeune femme.

Phileas ne rajouta rien, grognon, et se retourna plein d'espoir vers Lagarde, plus haut gradé de l'équipe revenu et donc chargé de faire le rapport.

— Alors ? demanda—t—il.

— On n'a rien trouvé de probant, monsieur, désolé, commença celui—ci.

— Rien de rien ? redemanda abattu Phileas.

Lagarde posa son sac sur une table et s'expliqua, déçu.

— Aucune trace exploitable de la voiture. On a la marque de ses pneus mais elle se perd sur la route. Les équipes restées sur place fouillent encore toute la ville mais il ne faut pas trop compter là—dessus. Quant aux caméras de sécurité qu'on a pu trouver, elles ne dévoilent rien. Et malheureusement, vous viviez dans un coin assez calme, ce qui fait que personne n'a rien vu.

— Ils peuvent donc être n'importe où maintenant, déduit Phileas, déconfit en tournant les talons pour aller dans son bureau.

— Monsieur, tenta de le réconforter Lagarde, même si vous étiez parti tout de suite à leur recherche avec votre voiture vous ne les auriez pas retrouvés ! Ils avaient une avance sur vous de plusieurs minutes et ils étaient organisés, ils ont même sûrement changé de voiture !

— Oui… oui, répondit Phileas sans toutefois que cette remarque change son moral.

Sans plus se soucier de rien, il partit avec Cerebro dans son bureau pour être seul. Refermant derrière lui il s'affala alors sur sa chaise et regarda au plafond, les yeux devenant humides. Qu'allait—il faire… ?

On toqua à la porte.

— Entrez, autorisa Phileas en s'essuyant les yeux.

Alfred entra dans la pièce, referma puis se rendit à son bureau.

— Comment ça va mon fils ? demanda—t—il.

— Je… Pas trop, fit Phileas. Adélaïde ne dort plus, elle passe son temps à pleurer, elle est démoralisée…

— Oui, je comprends. Mais toi ?

Phileas soupira et se laissa aller à se confier.

— Je suis perdu. Ils me manquent papa, je ne sais pas ce que je ferais sans eux…

Phileas explosa en larmes, à bout. Ce nouvel échec dans leurs enquêtes était la lame de trop plantée dans son corps. Alfred désespérait de voir son fils si abattu devant l'enlèvement de ses enfants, et ne pouvant rien faire d'autre que le soutenir, contourna son bureau et le prit dans ses bras.

— Je suis là mon grand, je suis là… tiens bon.

*

Une heure après qu'Alfred l'a quitté, Phileas se réveilla de sa sieste et sortit de son bureau.

— Corie, Strugolth est toujours vivant ? lui demanda—t—il en voyant qu'elle était assise au sien.

— Je vous demande pardon ? s'excusa la jeune femme.

— Strugolth, Allemagne. S—T—R—U—G—O—L—T—H. On m'a dit que le corps qu'on avait retrouvé chez lui n'était pas le sien…

La jeune femme pianota sur son ordinateur et regarda rapidement les relevés nécrologiques, les disparitions et les affaires liées.

— Euh… oui, d'après nos dossiers il est toujours vivant. C'était une erreur, il s'agissait d'un de ses gardes du corps.

— Bien… Je vais aller le voir.

VII

Adélaïde, Wanda et Chloé étaient toutes les trois assises à la table de la cuisine, buvant un thé. L'ambiance était lugubre. La mère et la sœur étaient effondrées comme chaque instant depuis l'événement, et l'amie ne savait pas quoi dire. Les pleurs avaient certes disparu depuis longtemps, mais ce n'était que pour laisser place au chagrin… Chloé avala une gorgée de son breuvage, incertaine. Que dire pour réconforter ses amies ? Rien bien sûr. Car rien à part retrouver les enfants ne leur redonnerait le sourire, elle le savait… Bon sang, Adélaïde était sa meilleure amie depuis presque quatre ans déjà, la voir ainsi était intenable… Enfin, elle était devenue sa meilleure amie quand Jean était morte, mais même avant elle était déjà sa sœur de cœur… Elles avaient fait des fêtes de malade ensemble, elle était là quand elle était tombée amoureuse de Phileas, elle avait assisté à la naissance de ses enfants, elle avait assisté à leur mariage secret… elles avaient fait l'amour... Chloé avala une autre gorgée. Adélaïde comptait énormément pour elle… et la savoir malheureuse l'attristait vraiment. Déjà que de la voir avec Phileas la peinait parfois, à cause de la jalousie mais surtout parce que ce n'était plus la même chose entre elles, alors de la voir ainsi détruite, c'était affligeant. Même être Reine sans elle à ses côtés lui semblait déjà fade s'était—elle rendu compte… plus rien n'était pareil.

Chloé termina sa tasse et se resservit.

— Quelqu'un… ? demanda—t—elle.

— Non merci.

— Non…

Chloé reposa la théière. Leur calvaire devait être insoutenable. La peur de l'inconnu, l'incertitude… Mais elle resterait avec elles le temps qu'il faudrait pour les épauler, elles… et Phileas. Phileas, son patron. L'homme qui lui versait ses revenus, son ami… l'homme qui l'avait trahie en lui mentant sur la mort de Jean et sur ses activités. Elle lui avait tout pardonné, elle le considérait de nouveau comme un ami fidèle malgré ses secrets, elle l'aimait comme un frère… Chloé ne pouvait même pas concevoir la peine qui les habitait, cela devait être invivable. Et pourtant à côté de son amitié sans limites pour eux parfois elle regrettait qu'Adélaïde et lui soient tombés amoureux. Elle était un peu jalouse de leur bonheur alors qu'elle elle ne trouvait rien. Ce n'était pas méchant, elle s'en voulait d'ailleurs, mais elle les enviait… Et puis même si à l'époque ce n'était que par jeu, concours de circonstances ou excitation, ses rapports torrides avec elle lui manquaient. Chloé n'était pas lesbienne, mais elle était assurément bisexuelle, et le faire avec sa meilleure amie avait quelque chose d'unique qu'elle ne retrouverait jamais… d'autant qu'elles s'étaient avoué s'aimer…

— Bon Dieu, pourquoi je pense à ça ? s'exclama—t—elle à voix haute.

— Hein ? fit Adélaïde.

— Euh rien… je m'égarais, se reprit—elle.

Adélaïde lui fit un sourire compréhensif.

— Tu pensais à quoi ?

— Rien, des trucs personnels qui n'ont pas lieu d'être pensés en ce moment.

— Tu es toujours Reine ? demanda alors Wanda en la regardant.

— Oui, oui, je le suis toujours.

La conversation avait repris, pensa Chloé. C'était déjà ça.

— Et toi ? Tu étudies en Italie non ? s'intéressa—t—elle, ne connaissant que très peu Wanda.

— Oui. J'ai décidé de poursuivre dans la politique... J'ai rejoint un parti centriste pour essayer de gravir les échelons.

— Toi ? De la politique ? plaisanta Adélaïde.

— Ben oui... Je fais des études de droits et de sociologie et en parallèle j'espère monter en politique.

— Dans quel but ? Devenir présidente ? demanda Chloé.

— Je ne sais pas je... mais... enfin... Quand j'avais seize ans, papa m'a dit la vérité sur sa vraie vie. Je savais depuis mes treize ans que ce n'était pas mon père biologique mais d'apprendre ça... Enfin bref, j'ai fait la conne pas mal de temps, Adélaïde peut en témoigner...

— Oh oui, lâcha Adélaïde en avalant une gorgée.

— Mais ce que je sais, c'est que maintenant je veux aider aussi, tenter de rendre le monde meilleur. Alors je vais tâcher de m'occuper d'enfants en difficultés et essayer de bouger le système comme je le pourrai.

— Je ne veux pas briser tes illusions ma belle, fit Adélaïde, mais si tu fais carrière dans la politique on va enquêter sur toi, puis sur ton père et moi et peut—être découvrir le *Service*.

— Je... merde, vociféra Wanda.

— Hé ouais, on doit réfléchir à tout ce qu'on fait maintenant, souffla Adélaïde.

— Bon sang, je n'y avais pas pensé… annonça embarrassée la jeune fille.

— C'est la merde, ajouta Chloé.

— Bon Dieu… je fais quoi alors ?

— Occupe—toi d'enfants et deviens féministe, suggéra Chloé.

— Oh, ça, elle l'est.

— Et quoi d'autre ? fit Wanda.

— Tu veux bouger les choses… deviens avocate. Ce serait bien si tu étais avocate, voire procureur, annonça Adélaïde.

— Intéressant, je me vois bien avocate je dois l'admettre… tu crois que j'en ai l'étoffe ?

— Non, pas encore… mais je pense que si cela te plait, si tu veux vraiment le faire, tu seras une excellente avocate.

— Merci…

La conversation mourut aussi rapidement qu'elle avait commencé. Chloé soupira… il ne fallait pas qu'elles y pensent, il fallait qu'elles aient autre chose en tête. Cela les détruirait sinon…

— Je… cela dit quelqu'un de faire un jeu de société ? osa—t—elle demander.

— Non merci, répondit instantanément Adélaïde.

— Oh, allez, ou autre chose ! Rester là assises à ne rien faire c'est pire que tout ! Tant qu'on n'a pas d'information on ne peut rien faire, et même s'il est normal de s'inquiéter, il ne faut pas que vous vous enfermiez dans une catatonie… je… Adélaïde, tu ne peux pas rester comme ça.

— Tu ne comprends pas Chloé, alors tais—toi, s'exclama Adélaïde.

— Okay, je ne peux pas imaginer votre douleur, je ne peux pas la concevoir, mais ce que je sais c'est que rien n'est perdu alors il faut que tu arrêtes de te faire un sang d'encre comme ça !

— Pitié tais—toi je t'en prie !

— Adélaïde !

— Mais tu ne comprends pas, se remit à pleurer Adélaïde tremblante, ils me manquent ! Je veux revoir mon fils et ma fille, les prendre dans mes bras ! Ils me manquent... Je les aime tellement !

Adélaïde fondit en larmes, abattue. Chloé s'approcha alors d'elle désolée de l'avoir fait resombrer dans la tourmente et la prit dans ses bras.

— Je suis désolée, je suis désolée, s'exclama—t—elle, les yeux devenant également rouges.

La jeune mère ne répondit rien, elle n'y serait pas arrivée de toute façon... mais elle se pressa contre son amie et profita de sa chaleur pour se consoler. Pleurer contre elle lui faisait du bien, Phileas était si insensible et froid depuis l'enlèvement. Il ne la prenait plus dans ses bras et n'acceptait plus aucun contact, comme s'il n'arrivait pas à se pardonner leur perte, et cela la rendait malheureuse de ne plus pouvoir se blottir contre lui. Et Chloé et elle... Être dans ses bras rappela à Adélaïde qu'elle était la sœur qu'elle n'avait jamais eue, qu'elle était sa confidente, qu'elle avait toujours été là pour elle, qu'elles s'étaient secrètement aimées avant... Adélaïde leva la tête pour la regarder dans les yeux, et sans que Chloé ou elle ne s'en rendent compte, elles se retrouvèrent alors en train de s'embrasser. Remplies de stupeur elles s'écartèrent dès qu'elles s'en rendirent compte, mais cela avait tout de même déjà duré quelques instants ! ... elles s'étaient, horrifiées, naturellement donné un baiser passionné.

— Je suis désolée, fit Chloé très mal.

— Euh, non, c'est moi, sécha ses larmes Adélaïde.

— Non je…

Wanda les regarda bouche bée.

— Vous… vous avez… ?

Adélaïde regarda sa belle—fille, très embarrassée.

— Je… Chloé et moi on est très proches.

— Proches comment ? demanda inquisitrice Wanda.

— C'était un égarement… Je… je ne trompe pas ton père.

Wanda regarda sa belle—mère, furieuse… puis se calma rapidement, abattue.

— Je… commença—t—elle, quand Jarod a disparu… je sais ce que c'est... On est déboussolé, on ne sait plus ce qu'on fait, on recherche du réconfort auprès de ses proches… Et j'ai bien vu que ce n'était que… je ne sais même pas quoi…

Chloé et Adélaïde écartèrent leurs chaises, gênées. Bon sang, ce n'était pas intelligent du tout.

— Désolée, fit la Reine d'Or en baissant les yeux.

— Non ce n'est rien, j'y suis aussi pour quelque chose.

Les deux amies plongèrent leurs regards dans leurs tasses, figées d'embarras et de tristesse. Elles avaient bien besoin de ça, surtout à l'heure actuelle.

— Je… vous vous aimez ? demanda Wanda.

— Pardon ?

— Non, non.

— Je sais que toi et papa… Je sais comment il est. Il t'aime à la folie mais cela ne le dérange pas que tu passes du temps avec des amies.

— Tu en as parlé avec lui ? s'étonna Adélaïde.

— Du moment que tu ne vas pas voir un autre homme, il comprend que tu puisses avoir envie de nouvelles expériences… d'assouvir tes envies lesbiennes, surtout qu'il t'a fait lui—même entrer au Club des Damnés et que tu es plus jeune que lui… Il pense sûrement que ceux de notre âge ont une autre conception de l'amour.

— Il t'a dit ça ? redemanda la jeune mère, ne sachant pas comment le prendre.

— On en a discuté un soir… je lui ai même dit pour nous deux.

— QUOI ? s'exclama Adélaïde.

— J'avais besoin de lui dire la vérité, pour m'excuser tu comprends. Pour qu'il me pardonne toutes mes erreurs…

— Attends tu plaisantes ? Et il a dit quoi ? s'effara Adélaïde.

Cholé et Adélaïde regardèrent Wanda, ébahies.

— Il ne nous en veut pas… Il s'en doutait presque il m'a dit, confessa la jeune Italienne.

— Bon sang, Wanda, tu as dit à ton père que toi et moi on avait fricoté ensemble. Tu es folle ? Et s'il m'en avait voulu ?

— Papa tomber amoureux d'une fille, accepter de lui confier jusqu'à sa vie, aller même jusqu'à se marier, et la larguer pour ça alors qu'il sait très bien qu'elle est d'un tempérament bisexuel et qu'elle aime s'amuser ? Tu le connais, il pardonne tout…

— Bon Dieu… Mais tu es sa fille, il aurait pu me foutre dehors…

— Je ne suis pas sa fille, la coupa net Wanda.

— Quoi ?

J'ai fait des tests… Je ne suis pas sa fille, annonça—t—elle, les yeux imbibés de larmes.

Adélaïde et Chloé se regardèrent bouleversées avant de regarder de nouveau la jeune fille.

— Je suis désolée, fit Adélaïde.

— Tu sais… ce n'est pas évident. Tout ce que je lui ai fait subir… et savoir qu'il m'a tout pardonné alors que je ne suis même pas son enfant. Je ne sais pas comment dire… mais je me sens tellement redevable tu comprends ?

— Oui, je pense…

— Tu sais Wanda, fit Chloé, ton père t'a toujours aimée comme sa fille.

— C'est ça justement… et maintenant on lui enlève ses vrais enfants… Et moi en plus de souffrir de ça, je dois vivre avec l'idée que j'ai été une mauvaise fille durant des années et que quand il a vraiment des enfants, on les lui enlève…

Wanda se leva et partit dans sa chambre. Elle avait besoin d'être seule. Chloé, mal à l'aise la suivit pourtant pour lui apporter du soutien, estimant qu'une présence extérieure au cocon familial lui serait peut—être bénéfique... Adélaïde, elle préféra rester seule dans la cuisine. Elle remplit sa tasse de thé, la but en entier, et regarda au fond. Cette semaine était vraiment atroce pour tout le monde… Et le pire dans tout ça, c'est que maintenant elle avait envie de sexe avec des filles.

VIII

L'Aston Martin DB9 roula à toute allure et avec excès sur l'autoroute. Dès qu'il avait dépassé la frontière, Phileas ne s'était plus privé pour pousser l'accélérateur au maximum, atteignant les 280 km/h sans se soucier des radars. Habillé d'un pantalon uni en toile, de chaussures de sécurité de ville, d'un tee—shirt blanc et d'un polo beige, il était élégant et dégageait une allure certaine, mais son regard était celui d'un homme dur et en colère. Strugolth. Depuis qu'il lui avait rendu visite l'année précédente avec Bella, l'homme avait sombré. Membre connu de l'*Organisation*, le riche allemand avait été abandonné par sa femme hautaine et avait essuyé les ruptures d'alliances et les OPA offensives de ses anciens partenaires. Il était saigné à blanc… Mais Phileas espérait pour lui qu'il tenait le coup, et surtout que sa dame était partie avec son satané clébard.
Le voyage jusqu'à la demeure de Strugolth dura plusieurs heures, le temps de rejoindre la Bavière, mais Phileas avait de la patience. Sa colère l'entretenait et tout ce temps perdu ne faisait que renforcer sa détermination. Tout cela mènerait à l'instant où il allait se servir de ses poings face à l'homme qui avait enlevé ses enfants, et à ce moment—là il lui exprimerait son mécontentement… Phileas arriva à destination en milieu de soirée et s'arrêta devant le portail. Ses phares éclairant la propriété à travers les grilles jusqu'à la bâtisse, il sortit alors de l'habitacle pour aller sonner. Il y

avait de la lumière à l'intérieur de la demeure... Il devait être là.

— Ja ? fit une voix à l'interphone.

— Guten Abend mein Hern, es ist ein alter freund... Der Comte De Claren.

— Was... prononça surpris Strugolth.

— Öffnen bitte, demanda ferme Phileas.

— Ja, ja...

— Danke.

Phileas regagna la voiture inquiet. La voix de Strugolth semblait affolée mais il lui avait tout de même ouvert. Pourtant il n'avait pas été tendre avec lui par le passé... Tout cela était étrange. Le portail s'ouvrit et Phileas roula jusqu'à la bâtisse. Coupant le moteur devant l'entrée il pénétra l'arme au poing à l'intérieur et suivant la lumière et Bach, entra dans le petit salon. S'en étonnant, il découvrit alors son hôte. Strugolth avait... radicalement changé. De fêtard ventripotent il était devenu maigrichon et désabusé. Une bouteille à la main, il était affalé dans un fauteuil, se saoulant sans se soucier de sa santé... Jaugeant rapidement les lieux, l'agent du *Service* constata que sa fortune était réellement bientôt finie... Des carrées de tapisseries plus claires laissaient supposer une vente massive de biens personnels nécessaire à sa survie. C'était affligeant de tristesse... même pour un bougre comme lui.

— Ce cher Phileas... que me vaut le plaisir ? fit Franz moqueur en français nettement plus maîtrisé qu'à l'époque.

— Vous ne semblez pas surpris de me voir, annonça Phileas en rangeant son arme dans son holster.

— Oh, si... haha. Vous êtes la dernière personne que je m'attendais à voir franchir cette porte !

— Et vous connaissez mon vrai prénom...

— Mmmh, Ja ! Ja ! Merci d'ailleurs de m'avoir laissé en vie, que je puisse voir tout ça, fit Strugolth en montrant de sa bouteille ses murs dénudés.

— Je suis désolé pour vous, répondit sincère l'agent.

— Bah… au moins maintenant je suis un honnête homme. Un honnête homme désabusé mais bon…

Phileas s'approcha de son hôte, attrapa une chaise et s'assit en face de lui.

— Alors ? Que me vaut le plaisir ? ricana Strugolth.

Phileas expira, hésitant.

— J'ai besoin de votre aide.

L'allemand rigola.

— Ha ha… C'est la meilleure chose que je n'ai jamais entendue ! réussit—il à dire entre deux fous rires.

— Ce n'est pas drôle.

— Si, si ça l'est ! Ha ha !

Phileas attendit avec patience le temps que Strugolth reprenne son sérieux. L'ivresse devait déjà être importante chez lui, surtout avec cette perte conséquente de poids… Mais curieusement le changement fut radical, car lorsqu'il se calma, l'individu passa du tout au tout d'ivrogne ricaneur à complètement mélancolique.

— Vous savez se confia—t—il alors, quand vous m'avez agressé… j'ai compris que j'étais dans le tort, que ma vie n'avait aucun sens… Les orgies, faire souffrir les autres pour mon profit… ce n'était pas bien, ce n'était pas moi. J'ai donc décidé de changer… et j'ai tout perdu. Tout. Mes amis, mon argent, mes contacts, ma femme…

— Son sale chien.

— Oh putain, celui—là je ne suis pas mécontent de l'avoir perdu ! rigola nerveusement Strugolth.

Phileas ne put s'empêcher de sourire avec lui. Ce chien était une plaie.

— Mais voilà… vivre sans rien n'est guère mieux que vivre dans l'opulence du mal, reprit l'allemand.

— Je vous propose de vous racheter alors, s'exclama l'agent.

— Me racheter ? s'étonna Strugolth.

— Oui…

Phileas, défait, se confia à son tour.

— L'*Organisation* a fait enlever mes enfants, lui révéla—t—il.

— Was ? Es ist eine blague ? se mélangea les pinceaux l'allemand effaré.

Le regardant dans les yeux et n'obtenant pas de réponse il comprit toutefois que non, et déposant sa bouteille sur le sol il regarda partout embarrassé.

— Bon… que puis—je faire pour vous aider alors ? demanda—t—il.

— J'ai besoin de pistes, de noms…

Strugolth se leva avec empressement et regarda par la fenêtre, passant sa main gauche dans la poche de son pantalon de costume et se frottant la bouche de la droite.

— Écoutez… je n'ai jamais été important dans cette organisation, commença—t—il sérieux. Ils ne me considéraient que comme une roue de secours à n'utiliser que quand toutes les autres roues de secours étaient crevées… Je ne sais rien.

— Ah… ? fit Phileas déçu.

— Nein… ils ne m'ont même pas tué après votre visite, je n'en valais pas la peine.

Phileas baissa les yeux, triste. Qu'allait—il faire alors… ? Il n'avait pas d'autre piste… Se relevant calmement, il se dirigea abattu vers la porte pour repartir les mains vides.

— Désolé de vous avoir dérangé, s'excusa—t—il.

— Krieger, parla soudain Strugolth.

Phileas se retourna vers lui.

— Quoi ?

— Krieger… J'ai entendu ce nom une fois. Un vieux commerçant qui tient un petit magasin de bazar. Il dealait de la drogue pour eux avant.

— Dealait ? interrogea Phileas, surpris du temps utilisé.

— D'après ce que j'ai ouï dire, il serait l'un de ceux qui tentaient d'échapper à l'*Organisation*.

— Vous savez où je peux le trouver ?

— Sa boutique est au Luxembourg, c'est tout ce que je sais.

— Bien, merci…

— De rien… et Phileas ? fit l'allemand.

— Oui ?

— Je vous souhaite de les retrouver.

Phileas hocha de la tête et s'en alla, un peu plus de baume au cœur. Il avait un nouveau nom, c'était un début. Repartant donc un peu plus confiant et empli d'espoir vers ses enfants, il regarda une dernière fois son informateur dans le rétroviseur intérieur. Strugolth était toujours là derrière la fenêtre seul, abandonné. Phileas en quittant sa propriété décida de l'aider financièrement. Il en avait assez bavé… et il lui devait bien ça. Il s'était racheté.

Adélaïde arriva sous le pont Clément et ouvrit la porte métallique menant aux accès souterrains du Club des Damnés, les cheveux mouillés par la pluie. Nonchalante et tremblante, elle descendit alors sur les quais et suivit les rails dans la direction de la cathédrale. Adélaïde était amorphe, comme aux abonnés absents, les yeux perdus dans le vide, la peau blême... Elle s'avançait sur le chemin ferré avec une telle insouciance du danger que cela en fût effroyable... si quelqu'un avait pris un wagon pour se rendre au club elle serait morte écrasée, pourtant elle ne semblait même pas s'en rendre compte...

Montant les marches de l'escalier de la tour du clocher, le maquillage coulant et les vêtements trempés, Adélaïde se rendit directement à l'étage des Reines. Elle était à présent frigorifiée et semblait désemparée, complètement hagarde. Elle s'était réveillée seule durant la nuit, et perdue elle n'avait eu d'autre endroit où aller à part ici... La jeune mère qu'elle était avait sûrement besoin de se sentir chez elle mais pas là où elle vivait avec les enfants...

Les choses se passèrent très vite, sans qu'elle s'en rende vraiment compte, tétanisée à cause de la fatigue et du froid. Tout d'abord la Reine Frivole l'une des dernières arrivées l'avait vue dans le couloir éclairée seulement par des bougies et s'était affolée croyant certainement qu'il s'agissait d'un esprit ou d'un fantôme, puis paniquée

Sublime était apparue et reconnaissant son amie, s'était précipitée à sa rencontre. Il était vrai que son teint était blanchâtre, mais ce qui effraya surtout la jeune femme, c'était sa peau glacée… L'attrapant tandis qu'elle tomba à terre, Sublime appela à l'aide ses amies… Adélaïde avait ensuite repris connaissance alors qu'elle se tenait elle—même debout en s'appuyant contre le mur dans l'immense salle de douches où elles avaient l'habitude à l'époque de se doucher toutes ensemble. Se réchauffant sous le jet brûlant elle réalisa qu'elle était nue mais reperdit conscience… C'était confus, irrationnel, elle n'aurait pas dû être comme ça, il n'y avait aucune raison pour qu'elle soit aussi déboussolée, aussi faible… mais elle n'avait rien mangé ces derniers temps, sans même le réaliser, et elle ne dormait que très peu. Cela expliquait peut—être son état second… Alors qu'elle rouvrit les yeux, étalée au sol sous le jet, elle vit les Reines, nouvelles, de son époque, ou plus anciennes s'agiter autour d'elle, volant à son secours ou se couvrant pudiquement en voyant Phileas arriver affolé en toute hâte dans leur salle de bain pour la tirer de ce mauvais pas.
— Phileas… souffla—t—elle, Phi…
Adélaïde reperdit connaissance.

*

Adélaïde rouvrit les yeux dans le lit de sa loge de Reine, nue mais installée bien au chaud. Elle se redressa avec empressement et regarda autour d'elle pour reconnaître Phileas assis à ses pieds au bord du matelas.
— Bon sang, cela faisait longtemps que je n'avais pas dormi ici, s'exclama—t—elle en se grattant la tête.
Phileas esquissa un minuscule sourire.

— Sais—tu seulement pourquoi tu es ici ? demanda—t—il sur un ton ferme.

Adélaïde regarda tout autour d'elle et essaya de distinguer son environnement dans le faible éclairage des bougies pour en dénoter un indice...

— Je... commença—t—elle, incertaine.

Adélaïde savait qu'elle était dans sa loge de Reine, mais qu'y faisait—elle ?

— Euh... non.

Phileas la regarda, dur, puis lui montra son propre bras en le mettant en évidence. Adélaïde remarqua alors le cathéter sortant de sa veine et allant jusqu'à une perfusion. Elle se montra embarrassée à sa vue...

— Je...

— Tu ne t'es pratiquement pas nourrie depuis l'enlèvement Adélaïde, la gronda Phileas. Tu as déjà perdu trois kilos, et tu as fait un malaise !

— Phileas, je...

— Bon sang Adélaïde ! cria son mari. Tu es inconsciente ? Comment veux—tu tenir si tu ne te nourris pas !

— Je n'ai pas faim, répondit simplement la jeune femme.

— Ce n'est pas morte que tu les retrouveras !

Adélaïde regarda son mari avec un œil noir, même s'il avait raison.

— Tu n'as pas à me dire ça.

— Oh si je l'ai ! Et tu sais que tu as foutu une peur bleue à Frivole, et à bon nombre de Reines ? Et qu'elles se sont inquiétées pour toi ? Tu imagines si je ne venais pas tout juste de rentrer en ville ?

— Parlons en tiens ! Tu étais où ? s'emporta à son tour Adélaïde. Hein Phileas ? En bon père et bon mari, tu étais où ? Parce que pour me faire des reproches tu es là, mais pour me soutenir je ne te vois pas trop !

— Parce que tu crois être la seule à en souffrir ? vociféra Phileas. Ce n'est pas parce que je ne me nourris pas que je ne suis pas malheureux et inquiet moi !

— Stop ! fit des mains Adélaïde. Stop !

Les deux époux détournèrent les yeux l'un de l'autre et baissèrent la tête, fatigués, énervés, irrités. Ils devaient se comporter en adultes… Les reproches étaient inutiles.

— J'étais en Allemagne, répondit au bout d'un moment Phileas pour l'éclairer. Strugolth m'a donné un nom.

— Strugolth ? fit Adélaïde.

— Oui… J'ai pensé à lui quand j'ai vu qu'on n'avançait pas avec ce qu'on avait. Il m'a dit qu'il ne savait rien mais qu'un Krieger saurait peut—être.

Adélaïde se recouvrit un peu, frileuse.

— On y va demain, ou ce soir ? lui demanda—t—elle, presque suppliante.

— Demain, là tu te reposes.

Phileas se leva pour s'en aller et la laisser dormir, mettant fin à la conversation, quand sa femme le rappela.

— Phil ? fit—elle.

— Oui ? demanda celui—ci en se retournant.

— Je t'aime, s'exclama—t—elle alors sincère.

— Moi aussi, moi aussi…

Phileas revint vers le lit et la surprenant, l'embrassa dans un élan amoureux et impulsif. Il colla visiblement très frustré ses lèvres aux siennes, glissa sa langue dans sa bouche, et l'amena à lui comme s'ils ne s'étaient pas vus depuis une éternité ! C'était un peu brut, mais il avait besoin de la sentir contre lui, de se frotter à elle, alors il l'enlaça avec passion… et elle lui répondit. Et Adélaïde eut pour la première fois depuis l'enlèvement du plaisir et la tête vide… Peut—être était—ce également dû à l'apport alimentaire du cathéter ? Ou à l'idée qu'ils avançaient avec ce nouveau nom ? Toujours est—il qu'ils firent l'amour durant plus d'une heure jusqu'à ce qu'elle soit rassasiée, terminant en chevauchée d'Andromaque, elle assise sur lui, ses seins se balançant au gré de leur amour, le bras relié à sa perfusion. Ce dernier aspect d'ailleurs, inédit jusqu'à maintenant dans leurs rapports sexuels, qu'elle soit attachée et qu'il faille faire attention à cela en restant malgré tout sauvage, ajouta une note très érotique à leur étreinte, en en faisant une prisonnière et son amant en même temps qu'un médecin et sa patiente… Adélaïde jouit en s'affalant sur son mari, comblée, et s'endormit.

*

Adélaïde se réveilla vers onze heures et constata qu'elle était seule dans son lit une place. Connaissait assez son mari, si délicieusement fou et toujours obligé de tout faire en même temps, elle supposa qu'il devait déjà s'être levé afin de profiter de ce temps passé au Club pour vérifier son bon fonctionnement. Il était si… hyperactif. Ne se souciant donc pas de lui, attirée par le doux parfum d'un chocolat chaud, Adélaïde découvrit à côté de son lit le plateau avec son petit déjeuner. Il y avait ainsi qui l'attendaient des croissants au chocolat, deux tartines de pain doré avec de la confiture de fraise dessus, une autre avec de la pâte à tartiner, une pomme, une orange, un bol de lait avec ses céréales préférées, et une tasse de chocolat chaud, le tout accompagné d'une tulipe jaune. Affamée et ravie, Adélaïde mangea goulument. Leur très chaud rapport sexuel lui avait redonné l'appétit, elle avait retrouvé la pêche, et surtout elle avait faim… et lorsqu'elle eut fini, redevenue souriante, elle se releva, retira l'aiguille de son bras, et se rendit toute nue jusqu'à la chaise où étaient pliés ses vêtements lavés et séchés. Adélaïde était métamorphosée. Elle était redevenue elle—même, rayonnante et vivante, la peau colorée… Cela aurait fait plaisir à voir pour quiconque aurait assisté à une telle résurrection…

Sortant de sa loge après s'être maquillée à sa coiffeuse, Adélaïde se dirigea vers le brouhaha de conversations émanant du salon des Reines.

— Bonjour Reine Méphala, annonça alors une jeune fille en corset, boxer, et bas beiges en passant à côté d'elle.

— Oh, bonjour Reine… ?

— Frivole.

Adélaïde regarda la jeune femme, blonde, timide mais pleine de charme. Elle lui rappela immédiatement ses premières expériences au club.

— Enchantée miss, et désolée pour hier soir, répondit—elle souriante.

— Ce n'est pas grave, je dois avouer que j'ai peur de tout et de rien, alors je suis facilement impressionnable, avoua avec malaise la jeune femme.

Adélaïde lui esquissa un sourire compréhensif et amusé, et la laissant regagner ses occupations, se dirigea vers le lieu de détente des Reines. Cela faisait longtemps qu'elle n'était pas venue ici, réalisa—t—elle. Elle avait passé aux Clubs des Damnés certains des plus beaux moments de sa vie mais depuis qu'elle était devenue agent du *Service*, puis sa cheffe, elle n'en avait plus eu trop l'occasion. Et les enfants lui prenaient le reste du temps…

Adélaïde reconnut quelques visages dans la quinzaine de femmes à l'origine du brouhaha et les prit dans ses bras tour à tour avec émotion. Sarah, Sublime, Caroline et Camille étaient bien entendu là, toujours fidèles au club, mais elle fut particulièrement émue de revoir Yinslyn, Myra, Corinne ou encore Pâris. Surtout que Myra avait été sa première expérience homosexuelle, et cela ne s'oubliait pas... Discutant donc avec elles du passé, de la Cathédrale ou encore des nouveautés de leur vie, elle préféra ne pas trop s'épancher sur elle pour des raisons évidentes, mais les tenant au courant des faits majeurs de sa vie, elles retissèrent rapidement des liens. Cela lui fit extrêmement du bien... C'était d'ailleurs étrange, car de revoir ses amies lui donnait l'impression que tout allait finalement s'arranger, surtout que Phileas se voulait confiant et qu'il avait une nouvelle piste... Elle tenait donc le coup et n'y pensant plus pour quelques instants, elle apprit à faire connaissance avec les nouvelles Reines ou s'émerveilla de voir arriver Mélisande et Eugénie, deux anciennes de l'époque de Jean qui l'avaient fait craquer. Tout se passa donc pour le mieux durant une heure et demie, effaçant les mauvais instants de la veille et les remplaçant par de la joie et de la bonne humeur. Jusqu'à ce que Phileas vienne la chercher pour partir au Luxembourg, la tirant à la réalité vers un nouvel espoir.

X

— Alors comme ça tu arrives malgré ton emploi du temps chargé à venir régulièrement au club ? s'exclama Adélaïde.

— Hein ? répondit Phileas en la regardant brièvement avant de se refocaliser sur la route.

— J'ai discuté avec les filles et elles m'ont dit qu'elles te voyaient toutes les semaines à la cathédrale, expliqua l'ancienne Reine.

— Ah, oui, confirma Phileas. Comme *D* m'avait nommé prioritaire sur l'affaire *Organisation*, parce que je tenais à la résoudre mais aussi pour ne pas compromettre un autre visage, mes journées sont assez calmes en général. Et comme tu étais jusqu'à présent en congé forcé par Lagarde…

— J'avais l'impression que tu travaillais beaucoup plus, s'étonna toutefois Adélaïde. J'ai donné l'aval pour que tu t'acquittes d'une bonne dizaine de missions tout de même depuis la maison.

— Mais je les ai accomplies ma chère… Mais les ressources *Double Zéro*, non, pardon, *exécutifs,* sourit Phileas, ne sont pas utilisées tous les jours, j'ai des heures creuses… Mais de toute façon, même si je passe du temps à la maison avec toi et les enfants, et au *Service*, j'ai toujours du temps à consacrer au club.

— Mais quand ? demanda Adélaïde.

— Quand tu es de sortie, ou partie avec les enfants chez Chloé ou tes parents, quand tu passes tes après—midi avec Wanda, quand je ne suis pas là…

— Tu jongles sans cesse et sans difficulté entre la maison, le club, et le boulot ?

— Oui, s'exclama Phileas.

— Tu ne deviens pas dingue ? demanda alors surprise Adélaïde en se rendant soudain compte qu'ayant elle travaillé depuis leur maison ces trois derniers mois, le temps que lui passait seul à l'extérieur était si conséquent qu'il n'était pas forcément accordé au *Service*.

— Non, ça va… six à douze heures réparties entre les deux, et puis je peux travailler pour le *Service* depuis le Club des Damnés si c'est de la recherche. J'aime ce que je fais, alors ce n'est pas contraignant, au contraire.

— Ouais mais quand même… et tu as modifié quelque chose dernièrement au club ?

— Oui, deux ou trois trucs.

— Okay, faudra que je passe admirer ça alors.

— Ben je peux te…

— Non, sourit Adélaïde en l'arrêtant de la main, je préfère découvrir par moi—même, ce sera plus fantastique.

— Comme tu voudras, s'amusa Phileas.

Les deux époux se reconcentrèrent complices sur la route en s'échangeant un sourire. Il n'y avait pas trop de voitures, la circulation était fluide et aérée, alors ils seraient bientôt à Luxembourg ville. Là ils auraient enfin de nouvelles informations… cela faisait déjà quatre jours que Jean et Adrien avaient été enlevés et cela semblait effrayamment loin. Mais Adélaïde avait la foi, et à la fois impatiente de retrouver ses enfants et excitée par leur dernière nuit, elle se pencha vers son mari et tandis qu'il conduisait, elle ne put s'empêcher de le caresser à l'entrejambe.

— Qu'est—ce que tu fais, Adélaïde ? s'exclama celui—ci surpris.

— Rien, rien.

Phileas regarda dans le rétroviseur. La voiture de *Trois* et *Daniels* le suivait toujours, à seulement une demi—douzaine de mètres.

— Tu sais, revoir les filles m'a fait du bien, annonça Adélaïde.

— Ah... ?

— Oui, même si j'ai l'impression que je ne devrais pas, je me sens mieux.

— Comment ça, que tu ne devrais pas ? l'interrogea Phileas.

— Ben... me sentir heureuse et bien malgré ce qu'il nous arrive.

Phileas soupira.

— Tu sais, ce n'est pas évident d'être parents, d'être agents secrets et de vivre ce qu'on vit... Mais je pense que prendre cela avec sérieux tout en restant vivants et heureux, c'est la meilleure chose à faire si on ne veut pas se détruire. Il faut vivre d'espoir.

— Oui... oui je crois que je comprends enfin ce que tu veux dire. Même si cela fait déjà une éternité et qu'ils peuvent être n'importe où dans le monde maintenant, il ne faut pas qu'on sombre.

Adélaïde tourna la tête et regarda inquisitrice et pleine de malice l'agent *Trois* et son assistant dans la voiture derrière eux. Satisfaite de la mauvaise qualité de la vision par ce mauvais temps et à cause de la saleté déposée continuellement sur leurs vitres elle se rassit et fixa son mari.

— Quoi ? refit celui—ci nerveux.

Adélaïde ouvrit un peu son chemisier pour lui offrir une vue sur son soutien—gorge, qui bâillait un peu, et recommença à le caresser.

— Toi, tu as l'eau à la bouche à cause d'hier, sourit Phileas.

Adélaïde sentit que ses attouchements faisaient effet et s'en délecta.

— Penses—tu ? se moqua—t—elle.

Sans qu'il ait eu le temps de répondre, elle ouvrit alors complètement son chemisier pour qu'il puisse se rincer l'œil.

— Tu es folle, n'importe qui peut te voir !

— Et alors ? J'ai envie que mon mari puisse me mater.

— T'es dingue… sourit nerveusement Phileas.

Adélaïde esquissa un sourire narquois, fit en sorte qu'il puisse voir pleinement son sein puis passa sa tête de l'autre côté de sa ceinture de sécurité et se pencha sur lui pour ouvrir sa braguette.

— T'es malade, on est sur l'autoroute ! ricana Phileas.

— Toi tu regardes la route, moi je m'occupe du reste.

Phileas prit une grande inspiration et tenta de garder son calme. Elle était folle, et c'était dangereux…

— Arrête, tu vas me déconcentrer.

Adélaïde dégagea son sexe et l'avala un peu, commençant une fellation où elle voulut donner tout son être, puis se redressa et envoya un message à Daniels.

— On va s'arrêter quelques minutes sur la borne d'arrêt d'urgence pour discuter et on vous rejoindra plus tard, énonça—t—elle à haute voix tout en l'écrivant.

— Bon Dieu, tu es vraiment folle, s'exclama Phileas.

— Ce n'est pas vingt minutes qui vont changer les choses, on le sait tous les deux.

Tandis que Phileas mit ses warnings et se gara dès qu'il put, la voiture de *Trois* et Daniels les doubla et disparut. Adélaïde reprenant son ouvrage se pencha alors sur son mari et continua sa fellation, lui offrant quinze minutes de pur bonheur. Il avait toujours eu raison quand il disait de profiter, de vivre et de garder espoir. Cela valait mieux que de se laisser dépérir par la peine, comprenait—elle enfin.

XI

Le temps était gris et maussade, un temps comme on en voyait d'ordinaire à Paris ou dans les vieilles villes polluées jusqu'au mortier. C'était déprimant, fade, et l'architecture des années soixante—dix du quartier n'arrangeait rien.

La voiture d'Adélaïde et de Phileas entra dans le parking plein air, et se gara à côté de celle de *Trois* et de Daniels. Ils avaient opté pour prendre deux voitures standards à cinq portes de marques concurrentes, une de couleur noire et une de couleur beige. En se déplaçant ainsi ils n'éveillaient pas de soupçons. Deux voitures identiques qui arriveraient au même endroit en même temps seraient suspectes, et à l'inverse s'ils étaient repérés ou suivis cela permettrait de se noyer dans la multitude de modèles identiques en circulation sans que l'on puisse remonter jusqu'à eux. C'était tout bête comme idée mais ne pas le faire pouvait entraîner de fâcheuses conséquences. Et les malfrats étaient méfiants par nature.

Les deux époux descendirent de voiture et rejoignirent leurs deux collègues, attendant sagement adossés au coffre de leur véhicule.

— Il a l'air d'être là, monsieur, c'est ouvert, s'exclama aussitôt Daniels.

— Parfait, répondit celui—ci satisfait.

Sans plus attendre, l'homme du club se dirigea d'un pas décidé vers la petite boutique de bazar que tenait Krieger de l'autre côté de la rue.

— Alors comme ça on fait de la lèche à un agent mais pas à son supérieur ? demanda Adélaïde en passant à côté de son assistant.

— Je… ? s'étonna celui—ci.

Mal à l'aise de cette remarque, Daniels tenta immédiatement de se justifier mais Adélaïde avait déjà rejoint Phileas de l'autre côté de la rue.

— Elle me cherche ou quoi ? demanda—t—il alors irrité à *Trois*.

— Je pense qu'elle aime bien vous charrier, répondit simplement l'agent.

— Oui mais pourquoi ? Je ne lui ai rien fait ?

— Parce qu'elle a de l'ascendant sur vous et qu'elle a besoin de déstresser… C'est une fille, il ne faut pas chercher, vous savez.

— Elle n'est pas aussi bien que *D*, s'exclama déçu Daniels. Elle n'est pas aussi professionnelle.

Trois souffla en regardant sa supérieure.

— Oui, mais même si elle est encore jeune, plus jeune que nous, et que cela doit la caresser dans le sens du poil de nous avoir à ses ordres, n'oubliez pas qu'elle en chie assez en ce moment.

— Oui… je sais, et c'est pour cela que je ne dis rien même si ça m'énerve. *D* me manque.

— *D* nous manque à tous Daniels, elle était dure mais sa dureté était rassurante. Celle de la directrice *Méphala* ne l'est pas encore assez, voilà tout. Elle manque de confiance en elle et cela se ressent, sa rigidité n'est pour l'instant qu'une façade.

Clôturant leur échange sur Adélaïde par cette remarque, les deux agents traversèrent le passage piéton et se retrouvèrent devant le bazar.

En poussant la porte, ils tombèrent immédiatement sur la multitude d'articles qu'il renfermait.

Surpris, ils crurent presque un instant que le bric—à—brac montant jusqu'au plafond allait leur tomber sur la tête tellement il regorgeait de babioles. Il y avait de tout. Une trentaine de modèles de lampes étaient exposés de façon farfelue dans un coin, des ustensiles de cuisine proliféraient ailleurs, tandis que des objets de décoration extrêmement kitch étaient empilés les uns sur les autres, sans que la prouesse qui les empêchait de tomber semble visible, et que des gadgets tout aussi bien utiles qu'inutiles complétaient le tableau bancale en remplissant les trous. La boutique était faite d'un tel amoncellement d'objets, de caisses de rangement pleines, de portants surchargés et d'étagères saugrenues remplies à ras bord qu'on ne pouvait aisément trouver quelque chose de bien précis sans un coup de chance.

Suivant, pleins d'incrédulité, ce qui semblait être le chemin labyrinthique plongeant dans la boutique, les deux agents s'enfoncèrent dans la pénombre, redoutant à chaque instant que de vieux livres de poche ou des Indiens en porcelaine ne leur tombent sur la tête. Par miracle tout resta à sa place et ils arrivèrent vers un endroit plus dégagé, plus aéré et plus spacieux, la caisse. Ils virent alors *Méphala* passer derrière un rideau de perles derrière le comptoir et Phileas, flegme, jouer du tac au tac et sans hésitation avec un solitaire jusqu'à ce qu'il n'en reste plus qu'une seule bille.

Krieger était un dissident tentant d'échapper à une organisation plus dangereuse qu'Al Qaïda et la mafia réunis, et il travaillait dans un musée du bric—à—brac. Eux deux étaient quant à eux une force brute douée d'une intelligence déconcertante et une jeune et sublime, il fallait l'avouer, mais coriace femme armée jusqu'aux dents. Daniels et *Trois* soufflèrent de dépit. Il y a bien longtemps qu'ils avaient laissé tomber l'idée de réfléchir à leur vie, de peur de devenir fous. Comme le disait *Gadget*, il valait mieux faire son travail sans penser à tout ça et avec du recul, sinon on était bon pour l'asile… à juste titre.

Un homme âgé et chauve écarta les fils de perles et vint se placer derrière le comptoir. Suivi par *Méphala*, les traits tirés et le regard hagard, il semblait affaibli et las.

— Monsieur Krieger ? lui demanda Phileas en se tournant vers lui.

— Oui… répondit celui—ci comme égaré.

— Bonjour monsieur, c'est Herr Strugolth qui nous a parlé de vous.

L'homme sembla réfléchir, et reprendre un peu d'énergie.

— Strugolth Strugolth… J'en ai entendu parler. Il est mort ?

— Non… pas encore. Et j'espère que cela ne sera pas avant longtemps.

— Ah… alors je ne vois pas.

— Écoutez monsieur, reprit Phileas, nous avons fait le voyage jusqu'ici sur ses recommandations. Nous sommes à la recherche de deux nourrissons enlevés il y a quatre jours en France par…

Phileas s'arrêta de parler. Cela ne servait à rien. L'homme regardait évasivement partout comme s'il était seul. La folie le rongeait, cela se sentait. *Trois* comprenant toutefois certainement son mal attrapa un horrible bibelot sur l'étagère à sa gauche et le posa fermement sur le comptoir.

— Je voudrais acheter ceci, s'exclama—t—il.

Comme reprenant pied avec la réalité, Krieger regarda alors l'objet puis l'agent, et ouvrit sa caisse.

— Treize euros soixante—seize pour le perroquet tout moche en résine, fit—il en le mettant dans un sachet plastique blanc.

— Eh bien, au moins vous êtes franc même si cette mocheté n'en vaut pas tant, répondit *Trois*.

Il tendit la monnaie, que Krieger encaissa calmement avant de revenir à la surprise générale à ce que Phileas avait dit, comme si cela venait seulement de lui arriver au cerveau.

— Je ne sais rien à propos de ce rapt… Mais un homme doit savoir, celui avec qui mon chien est parti. Oui, le docteur Sandre doit savoir.

— Le docteur Sandre ? demanda *Méphala*.

— Oui, c'est un tueur professionnel qui offre ses services à qui veut le payer, répondit Krieger en regardant l'affichage numérique de sa caisse. Il aurait assassiné des stars, des politiques, des hommes d'influences, des PDG… Mais je vous mets en garde contre lui. C'est un sadique de la pire espèce… Je n'oserais même pas vendre un de ses objets dans ma boutique.

— Je vois, fit Phileas.

— Il habite où ? demanda Daniels.

— Il habite dans un petit village d'Angleterre, près de Margate. C'est tout ce que je sais.

Les quatre membres du *Service* se regardèrent tour à tour. Croire les dires d'un vieil homme perdu dans sa propre tête et dont la raison lui échappait certainement aussi souvent que sa vessie était une chose, mais jouer à un jeu de piste en était une autre… Partageant tous la même idée, ils se posèrent la question. Allaient—ils devoir se balader partout autour du monde ?

— Vous êtes sûr de ne rien savoir d'autre ? demanda Phileas.

— Non…

Adélaïde certaine qu'il disait la vérité le regarda presque avec pitié. Elle était accablée par son sort. Finir comme ça était si horrible… Cela lui rappelait sa grand—mère.

— Souhaitez—vous disposer d'une protection ? Voulez—vous qu'on vous protège ? demanda—t—elle en croyant deviner chez lui à l'instar de chez Strugolth la peur de l'*Organisation.*

— Non… j'ai pas mal de choses à faire… Ils vont venir me tuer mais je préfère me rendre utile en aidant encore un peu mon prochain, fit—il sans regarder personne en bougeant légèrement un bibelot du comptoir qui n'était pas exactement à sa place.

— Je… annonça mal à l'aise et surpris Phileas.

— J'ai trois petits—enfants et une fille que j'adore… Si je disparaissais, ils les tueraient.

Une sincérité se dégageait de sa voix alors qu'il prononçait ces paroles. C'était la phrase la plus sincère et la plus lucide qu'il ait prononcée… et elle était lourde de tristesse.

— Il faut que j'arrive à vendre tout ça pour qu'ils aient assez d'argent pour vivre sans moi.

En entendant ces mots, Phileas baissa les yeux, attristé. Krieger avait resombré dans la folie...

Faisant signe aux autres de le suivre et de quitter les yeux, l'homme du club s'apitoya sur ce Don Quichotte voulant aider sa fille et ses petits—enfants et signa rapidement un chèque de 700 000 euros qu'il déposa dans sa boîte aux lettres à l'entrée. Ils en auraient plus besoin que lui pensa—

t—il, et il espérait que cela les mettrait largement à l'abri du besoin. Quittant ensuite définitivement le musée du vieux bonhomme pour rejoindre les autres au parking, il écouta puis prit part à leur conversation.

— Je pense que ses informations sont vraies, s'exclama *Trois*, le sachet en main.

— Moi aussi, avoua Adélaïde.

— De toute façon cela ne coûte rien d'essayer, répondit Phileas.

— Je crois me souvenir de ce Sandre dans un des dossiers que *D* avait amené du MI5, ajouta Daniels. Je plancherai sur ses vieilles affaires.

— Bien.

Adélaïde saisit son téléphone et composa le numéro de Johns au *Service*.

— Benjamin, lancez une recherche sur le docteur Sandre, domicilié aux environs de Margate, Angleterre, formula—t—elle.

— *« Bien reçu madame. »,* annonça la voix du chargé de recherche.

Elle raccrocha et rangea son portable.

— En tout cas une chose est sûre, tous les agents dissidents de l'*Organisation* finissent dans la misère s'ils ne meurent pas, conclut Phileas en ouvrant la portière côté passager, laissant à Adélaïde la conduite pour le retour.

— Oui, ils ont dû lui faire sniffer sa propre daube pour le rendre comme ça… C'en est affligeant, commenta *Trois* en ouvrant la sienne pour prendre le volant.

Il s'installa confortablement et attacha sa ceinture. Phileas et Adélaïde s'apprêtèrent à en faire de même, prêts à repartir, quand Daniels interpella cette dernière.

—Madame ? fit—il.

— Oui Daniels ? demanda—t—elle en le regardant par—dessus le toit de la voiture.

— Si vous allez à Margate, je préférerais ne pas vous suivre madame, annonça—t—il embarrassé. Je n'aime pas trop venir sur le terrain, et voir les horreurs qu'infligent les ordures que nous combattons me…

— Billy, j'aimerais que vous soyez là, le coupa—t—elle.

— Madame, je…

— J'ai besoin de vous, annonça Adélaïde implorante.

Phileas, positionné entre les deux, regarda Daniels puis sa femme et jaugea leurs attitudes. Leur véritable échange se lisait dans leurs regards. Il y avait chez Adélaïde une terreur de se retrouver seule et dépourvue s'il n'était pas là… Elle avait la même inquiétude que lui en fait, la peur que son estomac se vide si elle se retrouvait nez à nez avec une boucherie. Phileas le comprenait dans ses yeux à lui aussi. C'est pour ça qu'il ne voulait pas venir, mais c'est pour cela qu'elle, elle voulait qu'il soit là, pour qu'elle ne soit pas le seul maillon faible. Tout du moins c'est ce que Phileas supposa, et que l'assistant accepte finalement à contrecœur de les suivre en disait long. Étant son aide de travail, il se sentait devoir être là pour la soutenir à masquer sa faiblesse, et elle, de cette demande à l'encontre de son gré, elle se montrait plus faible qu'il ne le pensait… Peut—être n'avait—elle finalement pas l'étoffe d'une cheffe ? Phileas s'assit et attacha sa ceinture de sécurité, faisant comme si de rien n'était. Si, elle en avait l'étoffe, et lui il apprendrait à dépasser ses peurs. Mais ces questions n'étaient pas de son ressort de toute façon, ils avaient accepté leur poste au sein du *Service,* alors ils devaient se préparer à avoir le cœur retourné.

Le soir même au Q.G., l'activité battit son plein comme depuis quatre jours. Johns se chargeait personnellement et avec efficacité des recherches sur Sandre, plutôt dodues, les agents exécutifs s'entraînaient tous au tir ou au combat pour se tenir prêts, et les équipes chargées des recherches en rapport avec l'enlèvement courraient dans tous les sens pour récupérer les informations provenant de leurs différentes sources. C'était la cohue générale, tout le monde courrait dans tous les sens comme s'ils étaient à la bourse, certains que chaque minute comptait. La fatigue s'en faisait malheureusement ressentir, mais également la peur pour les enfants, l'inquiétude de leur sort se faisant à chaque instant plus importante… Mais le vrai problème ce soir—là était que les esprits s'échauffaient à cause du manque de sommeil et de repos. La plupart des agents restaient pour dormir dans les salles de repos ou dans les dortoirs afin de travailler le plus possible, mais ce n'est pas pour autant qu'ils y arrivaient. Tout comme les autres. Des tensions naissaient ainsi sous le poids de la fatigue, le ton montait parfois, et certains agents se montraient de moins en moins aimables les uns envers les autres.

L'ambiance frénétique qui régnait tourna toutefois court avant que les esprits ne s'échauffent. Avec horreur, épuisée, Adélaïde constata en effet que Phileas était introuvable. Changeant de priorité, passant des coups de fil et donnant le mot, elle ne le sut ni au *Service*, ni à leur maison, ni au Club des Damnés. Inquiète et paniquée, déjà affligée par l'enlèvement, elle commençait à avoir les yeux humides et le cherchait comme une forcenée, cédant presque à l'hystérie.

Puis le commissaire Darignac appela.

— *« Si vous le cherchez, je sais où il est. »*

XII

Habillée en inspectrice, Adélaïde soupira, coupa la sirène, et descendit de la voiture de patrouille. Arrêtés non loin, des agents du *Service*, Wanda, Chloé, Caroline, Camilla, d'autres Reines et plusieurs Cavaliers en firent de même, fermant les portières d'une demi—douzaine de voitures de police garées dans la rue. Menés par Alfred et Darignac, qui organisaient la mascarade, ils isolèrent alors la zone en déroulant des rubalises de police. Tous habillés en policiers, munis d'uniformes, de plaques et d'armes, ils jouèrent le jeu dans le calme malgré la pluie, l'obscurité, et le vent. Ceci fait ils avancèrent ensuite, certains d'être tranquilles, dans les Rodiers. Personne n'y était jamais vraiment retourné depuis la destruction du premier Club des Damnés. C'était trop éprouvant, principalement pour les filles. Tant de souvenirs et de moments magiques partis en fumées, tant de biens détruits par les flammes... Cet événement tragique qui avait sonné la fin de l'âge d'Or du club avait pincé plus d'un cœur. Cela en était d'autant plus émouvant qu'elles ne lui avaient pas dit adieu...

— Bon sang, Alfred, pourquoi tu ne me l'as jamais dit ? s'exclama Adélaïde en arrivant devant l'ouvrage, voyant d'immenses bâches protéger la structure éclairée par des spots.

— Ordre de Phileas, répondit simplement Alfred.

— Sainte mère de Dieu, vous le reconstruisez vraiment, vous reconstruisez le Club, fit bouche bée Camilla.

— Ouah...

— C'est… c'est… parla Catherine.

— C'est superbe… !

— On a commencé la reconstruction du club original il y a quelques mois, s'écria déjà plus loin Alfred en ouvrant la porte du chantier pour accéder aux échafaudages. On va le refaire à l'identique !

— C'est superbe, s'exclama une dernière fois Caroline. Émerveillée, elle regarda avec épectase le bâtiment avant de courir rejoindre les autres déjà partis s'engager dans le chantier. La petite troupe monta alors les escaliers métalliques des échafaudages dans le calme, affrontant la pluie tout en regardant autour d'eux les murs encore nus ou les poutres apparentes. Alfred et Darignac à leur tête, ils suivirent la musique qui prenait de la puissance.

— Ça vient de là, fit Darignac.

— Encore un étage, répondit affirmatif Alfred. La police avait été appelée pour tapage nocturne dans la rue des Rodiers. Il n'avait pas fallu longtemps à Darignac pour comprendre au nom de la musique de qui il s'agissait. Saisissant personnellement l'affaire, il avait alors prévenu Alfred et Adélaïde.

Le groupe d'agents, de Reines et de Cavaliers arriva à l'endroit où se tenait des années plus tôt l'étage des loges. S'enfonçant sous les bâches, derrière les sacs de plâtre, entre les barres de soutiens et à travers la froideur de la nuit, ils suivirent l'air d'*« I'm dreaming of Home »*[1]. Ils trouvèrent alors Phileas. Perdu dans le chantier vide, il se

---

[1] *—I'm Dreaming of Home*, l'hymne des fraternisés, tiré de l'œuvre cinématographique *Joyeux Noël* de Christian Carion, écrite par Philippe Rombi, et interprêtée par Natalie Dessay, Rolando Villazón, la Chorale Scala et le London Symphony Orchestra. Édité chez Virgin Music. Tous droits réservés.

tenait là, assis sur un fauteuil, une bouteille de Vodka à la main.

— Fils ? demanda Alfred.

— Phileas ? s'exclama Adélaïde.

Entendant son nom Phileas tourna la tête vers eux mais il se reconcentra rapidement et avec nonchalance sur sa bouteille. Il avait l'air épuisé et ivre. Se rendant jusqu'à lui, mélangés entre le soulagement de l'avoir retrouvé et la stupeur de le voir dans un tel état, la petite troupe le regarda abasourdie. Il semblait déconfit, il avait les yeux en larmes et ses traits étaient tirés… Il était dans un piteux état, sans compter qu'il était habillé d'un simple tee—shirt par un temps glacial.

— Phil, qu'est—ce que… ? demanda Adélaïde.

Le regardant dans les yeux, sa femme constata qu'il était visiblement en larmes depuis longtemps. Phileas pleurait, accablé par la fatalité… Il suffisait que cette arme soit pleine et il aurait pu crever les pneus, il en était certain… Il aurait réussi à le faire, il l'aurait fait… Bon sang, pourquoi cet homme était venu avec une arme à moitié vide ? Pourquoi l'arme qu'il avait récupérée avait eu si peu de munitions… L'homme du club leva la tête vers sa femme, et comprenant l'endroit où il était, il regarda la bouteille de vodka qu'il avait à la main, dubitatif. Il en avait bu les trois quarts sans la couper. Il serait certainement malade.

— Tu sais, ça allait mieux… fit—il à Adélaïde. J'ai vraiment cru que je supporterais, mais quand j'ai revu la photo des enfants à mon bureau… je n'ai pas pu. Finalement je n'ai pas pu…

Lâchant la bouteille, il plongea sa tête entre ses mains et pleura à chaudes larmes. On lui avait pris ses enfants bon sang.

— Ce n'est pas grave chéri, ce n'est pas grave, fit Adélaïde, en s'agenouillant devant lui et en lui tenant l'épaule. C'est normal, tu l'as dit toi—même…

Wanda se pencha sur son père et le serra dans ses bras.

— On est là papa, on est là… ne t'inquiète pas.

Phileas attendri fit un bisou sur le front de sa fille, puis regarda les gens rassemblés autour d'eux.

— Désolé pour le dérangement, s'excusa—t—il, un rictus nerveux aux lèvres.

— Pas de soucis, répondit un agent, compatissant.

— Il n'y a pas de mal, s'exclama Camilla.

— Tu n'as pas à t'excuser, répondit Chloé.

Phileas leur adressa un autre sourire, chaleureux, puis regarda Darignac.

— Désolé pour le remue—ménage.

Le commissaire fit un signe approbatif de la tête, puis stoppa la chaîne stéréo digitale diffusant la musique et répondit.

— Ne t'inquiète pas… ce n'est rien. Allez, retournons chercher tes enfants.

XIII

Six heures du matin. Zachari Helmet relança pour la énième fois une recherche faciale sur Internet. Cela revenait à chercher une aiguille dans une meule de foin mais cela ne coûtait rien d'essayer encore. Il aurait peut—être de la chance qui sait ? Sélectionnant donc entre autres les bases de données des sites d'actualités, du service public et des réseaux sociaux, il démarra l'analyse de similitude avec la directrice *Méphala* et l'agent *Six*. Prenant ensuite sa tasse de café en main, il avala une gorgée et s'enfonça dans son siège en attendant patiemment, comme à chaque fois.
Il était en train de réfléchir à la soirée passée avec Cynthia du service médical quand un improbable bip de concordance se fit entendre. Se redressant incrédule sur son ordinateur, le cœur battant, il vit une confirmation de concordance clignoter en vert.
Une photographie était apparue à l'écran.

*

Adélaïde et Phileas avaient dormi. Jouissant d'un repos bien mérité pour récupérer des derniers jours, de la fatigue accumulée et de la quantité d'alcool ingurgitée, ils étaient partis dormir dans leur maison. Le programme pour eux était de bien récupérer afin d'être en forme pour s'envoler en début d'après—midi pour le Royaume—Uni, enquêter à

Margate chez ce docteur Sandre. Du moins c'était le plan…
Réveillés en trombe par un appel du *Service* à sept heures
du matin, ils durent se préparer en hâte pour se rendre
affolés au Q.G. La peur les gagnait assurément, mais ils ne
savaient pas de quoi il s'agissait. Ils savaient juste que cela
n'était pas en rapport avec les enfants mais avec une des
questions qu'ils se posaient. En effet un des agents aurait
trouvé comment ils avaient été repérés, mais Daniels leur
avait fait savoir qu'il valait mieux qu'ils viennent voir
d'eux—mêmes. Arrivant donc sur place atterrés et
paniqués, mais calmes, ils allèrent sans détour au sein de
l'immense salle de travail du service de recherche pour voir
l'agent Brandson.

Debout devant une table graphique, celui—ci était habillé
d'un pantalon de smoking noir, d'une chemise blanche aux
manches retroussées et d'une cravate noire. Mais ce qui le
caractérisa vraiment, ce fut l'expression de gêne qui se
dessina sur son visage lorsqu'il les vit.

— Qu'est—ce qui se passe ? demanda Adélaïde.
S'arrêtant devant la table graphique, elle lui fit face avec
supplication.

— On a du nouveau, répondit simplement l'agent, mal à
l'aise.

— C'est à dire ? l'interrogea Phileas.

— Je…
Les deux parents le fixèrent avec anxiété. Ils n'avaient pas
besoin qu'il fasse durer le plaisir, ils étaient déjà assez
nerveux.

— Oui ? reprit Adélaïde impatiente.

— L'agent Helmet a lancé une recherche sur Internet, se
jeta à l'eau Brandson. Il a eu un coup de pot, car cela avait
été infructueux les dizaines de fois précédentes.

Allumant la table graphique tactile devant laquelle il était, Brandson baissa les yeux sur elle pour sortir un article de journal des dossiers et l'afficher en grand.

— Qu'a—t—il trouvé ? demanda expressément Phileas.

— Vous souvenez—vous être allés au marché de Bretignolles et avoir vu un reportage sur les huîtres en train d'y être réalisé ?

— Je… hésita incertaine Adélaïde. Oui, peut—être… ? Phileas chercha dans sa mémoire. Il revécut rapidement toutes les fois où ils étaient allés au marché.

— Oui, annonça—t—il alors, ferme et affirmatif. C'était un mercredi. Souviens—toi Adélaïde, tu portais Jean et moi Adrien, on y était allé en fin de matinée pour acheter quelque chose à manger…

— Certainement, oui, répondit Adélaïde.

L'agent Brandson, vraiment peiné de leur apprendre la nouvelle leur envoya l'image de leur côté de la table graphique. Il semblait vraiment mal à l'aise et évita leur regard.

— C'était un reportage pour un journal, dit—il juste.

Phileas et Adélaïde regardèrent l'article, qu'ils lurent rapidement, et s'attardèrent sur la photographie noire et blanc l'illustrant, y cherchant où il voulait en venir.

— Et… ? s'étonna la jeune femme, ne voyant toujours pas quelle était la teneur clé de cet article.

— Et vous avez été photographiés, révéla l'agent.

Adélaïde leva la tête vers Brandson, bouche bée, puis rebaissa immédiatement les yeux sur la photographie. Elle les chercha du regard, analysa, scruta et fouilla chaque recoin de l'image, avant d'effectivement les voir en arrière—plan près d'un marchand de bricoles.

— Je… c’est une blague ? fit—elle alors que les larmes lui venaient aux yeux.

— Non madame… ils vous ont trouvés comme ça.

Adélaïde se retourna, mit les mains devant la bouche et ferma les yeux. C’était à elle de pleurer de nouveau maintenant. Tout ce que cela impliquait… C’était horrible. Leurs enfants leur avaient été enlevés à cause d’une bête photographie ? Parce qu’ils s’étaient baladés au marché au mauvais moment ? Parce qu’ils avaient voulu se dégourdir les jambes ? Parce qu’ils n’avaient pas tourné la tête au bon moment ? Adélaïde se laissa gagner par son chagrin et pleura.

— Mon Dieu, sanglota—t—elle, mon Dieu, ce n’est pas vrai, ce n’est pas vrai, dites—moi que ce n’est pas vrai…

Phileas voulant la soutenir dans ce dur moment se pencha sur elle et la prit entre ses bras, lui aussi les yeux rouges.

— Dis—moi que ce n’est pas vrai, reprit la jeune femme en s’abandonnant dans ses bras, ils ne peuvent pas nous avoir trouvés simplement pour ça ! Pas à cause de nous—mêmes et de nos vacances, pas à cause de ça !

— Adélaïde… il va falloir être forte…

— Si on n’avait pas…

— Adélaïde… Oublie ça… les « si » te détruiront sinon…

On les retrouvera, je te le promets.

Phileas fit un merci de la tête à Brandson, qui fut extrêmement désolé de leur apprendre la nouvelle, et amena son épouse vers l’ascenseur.

Il fallait qu’ils arrêtent de penser au passé et qu’ils se consacrent à l’avenir… à Margate.

XIV

Malgré ce nouveau coup porté à leur moral, Adélaïde et Phileas trouvèrent le courage de continuer leurs investigations et s'embarquèrent avec Daniels et les agents *Trois, Quatre,* et *Treize* en avion privé jusqu'à Margate. Surmontant la douleur, les deux époux, tout de même conscients de ne pas être au bout de leurs peines, se montrèrent confiants. Au—delà de l'horreur de la situation, ils étaient indéniablement persuadés qu'Adrien et Jean ne risquaient rien et espéraient toujours les retrouver, ils le devaient, même près d'une semaine après le rapt. Ils vivaient de cet espoir, comme tous parents aimants dans leur situation le feraient, pour ne pas finir fous, détruits par la perte. Installés dans un 4X4, ils étaient donc en route pour le village du docteur Sandre afin de poursuivre leur recherche, remontant de fil en aiguille, ils l'espéraient, jusqu'au chef de l'*Organisation.*

— Comment va—t—on se présenter ? demanda Daniels en se tenant à la poignée de sécurité.

— On est malade et on a besoin de soins ? suggéra Phileas.

— Mouais…

Ne trouvant rien de rassurant ni de sérieux dans l'absence de plan précis de la part de ses collègues, Daniels regarda au—dehors. Il faisait étrangement beau. Le soleil était encore haut dans le ciel et la verdure de l'herbe et la rareté des nuages embellissait le paysage campagnard. C'était vraiment une belle et chaude journée, comme on aimait en passer à ne rien faire d'autre qu'à se prélasser en bonne compagnie. Soudain secoué par une conduite déraisonnable, Daniels reporta son attention vers Phileas. Habillé de manière décontracté et roulant de la même manière, il avait choisi de passer par les chemins de terre, pour évacuer avait—il dit, mais aussi surtout pour tester ce nouveau modèle de *Global Advanced Technology*, son entreprise officielle, fournisseuse officieuse de matières premières pour le *Service*. La directrice *Méphala* était assise à côté de lui à l'avant. Elle lisait une carte, des lunettes de soleil sur le nez. Les trois autres agents de la section exécutive, en soutien, étaient quant à eux assis à côté de lui à l'arrière. Ils étaient un peu à l'étroit, mais ils étaient bien installés. Le véhicule était de qualité il fallait le reconnaître. Visiblement résistant, il était confortable, équipé, et son côté Hammer lui donnait un look des plus classieux et agressif. Daniels se sentait bien à l'intérieur, à défaut d'être rassuré de se retrouver sur le terrain.

— Quelles sont les informations du MI5 à son sujet ? interrogea *Treize*.

— Tueur présumé, s'exclama Adélaïde. Mais ils n'ont jamais réussi à le coincer, ils n'ont que des ouïes—dires, des indices peu concluants et des priorités autres.

— Pots—de—vin ? questionna *Trois*.

— Indubitablement, fit Phileas.

Le 4X4 descendit une petite colline abrupte et ils purent revoir la mer du Nord. Le village n'était plus très loin.

— Madame, pourquoi lire une carte alors qu'on a un GPS ? demanda *Quatre*.

— Bella, je ne regarde pas où se situe le village, j'étudie les différents moyens d'y accéder et d'en sortir, répondit sèchement Adélaïde.

— Madame ? Vous avez quelque chose contre moi ? l'interrogea l'agent, étonnée de son ton.

— Maintenant qu'on en parle, oui. Vous avez couché avec mon mari.

— Oh putain, siffla *Trois*.

— Je vous demande pardon ?

— Adélaïde ! vociféra Phileas.

— Quoi ? Elle m'a demandé, je réponds.

— Ma vie sexuelle ne vous regarde pas madame, même si ce fut avec votre mari.

— Bon sang, on est obligé d'assister à ça monsieur ? fit Daniels à l'intention de Phileas.

— Musique ! répondit celui—ci.

Phileas alluma le lecteur MP3 au maximum pour couvrir l'échange, qui devint rapidement très houleux. Appuyant sur l'accélérateur, il augmenta ensuite la vitesse pour se distraire. *Treize* se pencha alors sur son voisin, *Trois*, et lui parla dans l'oreille en tachant de couvrir la dispute et la musique.

— Ils ont une drôle de façon d'évacuer le stress je trouve, déclara—t—il.

— Bella a couché avec Phileas il y a des années, lui expliqua *Trois,* bien avant que la directrice et lui ne se rencontrent.

— Et elle lui en veut toujours ?

— Jalousie féminine…

Daniels se pencha vers eux.

— La directrice et Bella se titillent sans arrêt ! Cela devient fatigant !

— Je ne vois pas pourquoi ! s'écria *Treize* alors qu'un *sale garce* fusa.

— *Vous n'êtes qu'une petite pute madame !*

— *Bella !* protesta Phileas.

— *Mais monsieur, c'est elle qui… »*

— Bella aurait dit qu'elle regrettait de ne pas avoir donné suite à leur relation, révéla Daniels.

— Sérieux ?

— Quelle idiote !

— Bon sang, ce n'est pas sérieux tout ça. Vivement qu'on arrive…

Une dizaine de minutes plus tard.

Le 4X4 s'arrêta à l'entrée du village. Les six agents en descendirent alors, faisant fit avec professionnalisme des tensions survenues quelques instants plus tôt.

— Bien, il faut se montrer relativement discret, fit Phileas.

— Séparons—nous en groupes de deux et parcourons le village en touristes. On se donnera rendez—vous dans ce bar—là, en face, dans une heure et demie, s'exclama *Treize* en désignant un pub.

— Bonne idée.

— Bella et moi irons ensemble, annonça Adélaïde.

— Bien. Daniels avec moi, parla Phileas.

Se divisant en trois groupes, les six collègues se fondirent parmi les habitants du village. Pittoresques, les lieux étaient anciens, datant de plusieurs siècles mais plein de charmes. C'était un petit village dans lequel on aimerait vivre. Agréable et beau, au calme, à l'écart, mais proche de la grande ville. Phileas choisit de s'enfoncer avec Daniels dans une rue jusqu'au petit port pour commencer leurs observations.

— Houleux n'est—ce pas ? s'exclama—t—il.

— Je ne comprends pas la directrice monsieur, sauf votre respect, répondit Daniels.

— Oh, moi non plus parfois. Mais elle cherche à évacuer sa peine…

— Par la colère ?

Phileas regarda tout autour de lui, analysant les lieux, les visages, la topographie…

— Entre autres, répondit—il.

— Ce que je trouve curieux, c'est que Bella et elle restent…

— Ne cherchez pas à comprendre la directrice ou *Quatre* Billy, le coupa Phileas. Ce sont des filles… Elles se détestent peut—être, elles se tirent dans les pattes, assurément, mais elles garderont toujours la vraisemblance d'être amies. La plupart des filles sont ainsi, hypocrites.

— Vous n'avez pas peur de… ?

— De ? demanda Phileas.

— J'ai eu l'opportunité de lire son dossier, monsieur.

Phileas s'arrêta de marcher et le regarda, attendant ses mots.

— C'est—à—dire ?

— En tant qu'assistant de la direction je dois lire le dossier de tout le monde, et j'ai lu vos notes ainsi que celles de *D* sur elle, sur sa…

— Sur sa ? reprit Phileas, irrité.

— Sur sa sexualité, termina timidement Daniels, conscient qu'il aurait mieux fait de se taire.

— Je vois.

— Vous l'avez décrite comme bisexuelle volage, comme…

— Je n'apprécie pas du tout Daniels, s'exclama furieux Phileas.

Billy baissa les yeux, honteux. Oui, il était peut—être allé trop loin.

— Désolé monsieur.

Cet échange terminé, les deux agents se remirent à marcher et continuèrent leur visite du village, longeant le port pour aller du côté du cimetière.

— De quoi pensez—vous que je devrais avoir peur ? reprit toutefois l'homme du club, curieux.

— Vous avez noté qu'elle était très ouverte, qu'elle avait eu beaucoup d'aventures avec ses amies, et même qu'elle avait fricoté avec votre…

— Oui bon, accouchez.

— Je ne sais pas… je pensais qu'étant donné que Bella est célibataire et qu'elle se sent seule…

— N'y pensez même pas Billy.

— Penser à quoi ?

— N'y pensez même pas. Adélaïde a tendance à l'expérimentation mais il y a une raison, et je ne veux pas que vous parliez de cela à qui que ce soit, c'est clair ? Sa vie privée n'a pas à être mêlée à sa vie professionnelle.

— Bien monsieur, je m'excuse.

Arrivant près du cimetière, ils se baladèrent autour, lisant le nom sur les tombes, repérant les lieux et les dates des décès, puis s'enfoncèrent à nouveau dans le centre—ville pour l'explorer.

— Et puis si elle et Bella fricotaient ensemble, je ne vois pas en quoi je devrais en avoir peur… Bella a un faible pour moi, parait—il, reprit Phileas.

— Euh, oui, oui vous avez raison, sourit nerveusement Daniels.

— Je suppose qu'en fait, vous étiez plutôt curieux d'aborder ce sujet n'est—ce pas ? s'amusa alors l'agent.

L'assistant esquissa un sourire.

— J'avoue oui… Je dois dire que je vous envie. Quand j'ai lu son dossier, je fus un peu vert de jalousie à votre encontre.

— Sérieusement ? demanda complice Phileas.

— J'ai tout lu. Quand elle est devenue directrice, il a été débloqué. Le rapport sur sa période en tant que Reine est plus que complet… Et il y a des photographies attachées au dossier.

— Sérieusement ?

— *D* appréciait votre travail quoiqu'elle en disait monsieur. Mais en secret elle étayait des dossiers sur vos membres, vos Cavaliers et vos Reines pour pouvoir reprendre les rênes si vous veniez à décéder.

— Je vois… Et les autres dossiers ?

— Seulement celui—là a été débloqué, car elle est entrée au *Service*. Je ne sais même pas où elle stockait les autres.

— D'accord. Et donc vous avez vu le dossier sur Adélaïde, et depuis… ?

— Je dois vous avouer que…

— N'en dites pas plus… ce n'est pas la peine.

Les deux agents arrêtèrent de parler et continuèrent à marcher, regardant toujours tout autour la configuration des rues et la fréquentation des lieux. Apprendre que son assistant en savait beaucoup trop sur sa femme n'était pas spécialement pour ravir Phileas. Mais il lui faisait pleinement confiance cela dit.

— C'est difficile d'exprimer du respect envers une personne, de surcroît plus jeune, quand on sait tant de choses intimes sur elle n'est—ce pas ?

— Oui, surtout quand vous devez faire comme si vous ne saviez rien et que c'est votre supérieure… Et pourtant j'ai énormément de respect pour votre femme, c'est une personne fantastique, mais c'est une situation délicate. On est loin des rapports stricts qu'on pourrait voir au sein de l'armée ou d'un service secret conventionnel.

— On est humains Billy, et le *Service* se veut un organisme plus humain que l'armée ou les services secrets. Il est normal que nos rapports soient moins formels.

— Oui…

— Vous l'aimez ?

— Je vous demande pardon, madame ? demanda Bella étonnée.

— Vous m'avez très bien entendue, reprit Adélaïde.

— Je…

Adélaïde et Bella marchaient le long de la falaise, à l'est du village. Elles remontaient vers les champs et les troupeaux sur les collines pour avoir une vue dégagée sur le village.

— Non, je ne l'aime pas. Mais j'ai aimé cette nuit passée avec lui, et oui, ça me manque.

— Je vois…

L'agent se tourna vers sa cheffe et la regarda quelque peu fâchée d'une telle condition de travail.

— Pourquoi choisissez—vous ce moment pour remettre cela sur le tapis ? l'interrogea—t—elle.

Adélaïde ne répondit pas tout de suite. Elle ne savait pas vraiment elle—même. Ou plutôt ce qu'elle supposait de ses motivations lui déplaisait grandement.

— Je viens de me faire enlever mes enfants, alors je règle mes comptes. Parce que je suis en colère.

— Et donc vous vous défoulez sur moi, s'exclama Bella écœurée.

— Vous n'avez pas eu de rapports depuis combien de temps ?

— Je vous demande pardon ? s'énerva la demoiselle.

— Depuis combien de temps n'avez—vous pas eu de rapports sexuels ? reprit Adélaïde des plus sérieuses.

— Mais cela ne vous regarde pas madame !

— Combien de temps ? insista—t—elle.

Bella déglutit une seconde puis détourna la tête et ferma les yeux, affligée.

— Trois jours… un type rencontré dans un bar, avoua—t—elle alors, visiblement déçue d'une sexualité plutôt fade.

Adélaïde la regarda baisser les yeux. Elle constata sa mine déconfite d'une telle situation.

— Et c'était bien ? demanda—t—elle alors qu'elles continuaient de marcher l'une à côté de l'autre.

Ce fut au tour de Bella d'attendre un peu avant de répondre. Pas parce qu'elle évaluait sa dernière aventure, mais parce qu'elle avait besoin de prendre le temps d'être honnête avec elle—même. Lorsque ce fut fait, elle tourna la tête vers cette femme avec qui elle s'était disputée moins d'une demi—heure plus tôt et avec qui les rapports avaient toujours été tendus, et la regarda avec franchise.

— Pas aussi bien que je ne l'aurais voulu.

— D'accord.

C'était étrange, pensa Bella. Elle était sa supérieure, sa cheffe. Elles venaient de se disputer pour une… pour rien, et maintenant elle lui demandait de lui parler de sa vie privée. Et elle, plutôt que de l'envoyer sur les roses, elle la lui révélait sans entrave. C'était vraiment bizarre. Confier sa sexualité à son patron, une femme plus jeune qu'elle, et qui plus est la femme d'un de ses collègues avec qui elle avait eu une aventure…

Bella regarda tout autour d'elle pour analyser les lieux, comme elles étaient supposées le faire. Ne trouvant cependant rien d'intéressant stratégiquement, elle admira quelques instants le paysage avant de revenir sur leurs pas. Il y avait un autre sentier qui menait au village en longeant le front de mer.

— Je ne suis pas jalouse… je suis juste… commença à s'expliquer Adélaïde en la suivant.

— Juste ? demanda Bella.

— J'ai des envies déplacées.

— C'est à dire ?

Adélaïde rejoignit Bella et marcha à ses côtés.

— Lorsque j'ai rencontré Phileas, je suis devenue une Reine… On est tombés amoureux l'un de l'autre seulement des mois plus tard.

— Oui, je sais cela… *D* en parlait dans ses comptes—rendus, évoquant le club qu'il avait bâti, et parlant de cette fille dont il s'était « *amouraché* ».

— Je vois, sourit amusée Adélaïde. Je dois avouer que ce n'est pas évident d'arriver dans ce monde après avoir fait partie du Club des Damnés… J'ai une sale réputation, j'imagine ?

— Non, les agents qui savent que vous étiez une Reine vous respectent, sans se soucier de ça ou de si vous étiez une salope. Le *Service* a été bâti sur la tolérance de toute façon. Et puis ils ont appris à vous apprécier en tant qu'agent *Double Zéro Neuf*, alors maintenant que vous êtes la cheffe...

— Je vois. Quoi qu'il en soit, j'étais une Reine, et j'ai appris à… enfin je ne sais pas. Lorsque je ne vais pas bien, je me tourne vers cette petite partie de ma vie… j'ai des envies…

— Je ne suis pas sûre de saisir, annonça Bella

Adélaïde était mal à l'aise de ce qu'elle confiait à sa subordonnée. Cela la gênait, pourtant elle voulait lui avouer.

— Je... j'ai flirté avec sa fille un soir, cela s'est fait comme ça. Je m'en suis voulu, je m'en veux encore mais...

— Flirté ? Vous voulez dire... ? la coupa Bella surprise.

— Oui, je suis bisexuelle, lui annonça sa cheffe sans honte. Bella marqua une pause, très étonnée.

— D'accord... Et donc ?

— Wanda, sa fille, exprimait du désir pour lui, reprit Adélaïde. Elle nous disait que c'était pour l'embêter, mais je sais au fond de moi qu'elle avait vraiment envie de lui, car elle pensait qu'il n'était pas son vrai père... Enfin c'est compliqué, et j'en ai parlé durant des heures avec mon psy... J'ai flirté avec elle, car j'étais jalouse de leur relation affective. Et cela continue... J'ai un besoin de.... J'ai envie de partager toutes ces histoires avec lui en fait. En gros si je sais qu'une fille est attirée par lui... cela germe dans ma tête, et bref, j'ai envie de partager ça. J'ai envie de lui dire, si tu veux on le fait avec elle, ça me plairait...

— Je vois, je comprends... vous l'aimez vraiment. Et comme vous êtes bisexuelle, toutes ces histoires vous déstabilisent un peu et vous donnent envie d'aller plus loin plutôt que de risquer de le perdre...

— Cela doit être ça... Bella, je viens de perdre mes enfants, on me les a enlevés, et même si j'ai foi en ce que Phileas dit et croit, je suis une mère dont on a volé la progéniture. J'ai peur, j'ai envie de pleurer et de crier à chaque instant... Et dans ces moments, je sais que je suis faible émotionnellement, et que j'ai besoin d'affection...

Bella sembla comprendre... d'une certaine façon. Ou tout du moins, elle crut comprendre ce qu'elle lui demandait...

et accepta. Elles continuèrent donc à marcher sans rien dire durant plusieurs minutes, jusqu'à ce que leur chemin les amène derrière une grange à l'abri des regards indiscrets, où elles s'arrêtèrent.

Mues par cette force invisible qui entraînait à chaque fois Adélaïde comme la plupart des Reines, elles s'effleurèrent alors timidement des lèvres, puis s'adonnèrent à une étreinte gênée mais rapprochée, lourde de ressentis.

Bella n'avait jamais fait cela avec une fille. Cela lui était étrange de sentir une poitrine contre elle plutôt qu'un torse, ou encore de voir un visage féminin lorsqu'elle ouvrait les yeux après un baiser. Elle le lui annonça d'ailleurs après s'être perdue dans l'un deux, particulièrement long et langoureux. Mais c'était une voie qu'elle n'avait jamais explorée et cela ne lui déplut pas de trouver dans cet échange homosexuel une alternative à ses déboires amoureux… Les deux femmes continuèrent donc à flirter en se touchant et en s'embrassant.

— Vos doigts sont froids… murmura Bella alors que la main d'Adélaïde parcourait son ventre en descendant.

L'ancienne Reine ne répondit pas… elle franchit la barrière symbolique que représentait le string de l'agent, et lui prodigua des caresses intimes. Elle souleva ensuite son haut pour révéler son soutien—gorge, l'ouvrit pour découvrir ses seins fermes et dressés et les embrassa et les mordilla avant de finalement lui prodiguer les plaisirs et la jouissance d'un rapport homosexuel. Quand ce fut fini, qu'elles retournèrent vers le lieu de rendez—vous, rhabillées et présentables, elles ne prononcèrent aucun mot. Il fallut attendre dix minutes de silence avant qu'elles ne se risquent à parler de ce qu'Adélaïde lui avait fait…

— Vous auriez voulu que je vous touche aussi ? demanda gênée Bella.

— Non c'est bon.

— Cela me fait bizarre…

— De quoi ? D'avoir joui avec une fille ? D'avoir eu un rapport homosexuel avec votre supérieure ?

— Cela remet les choses en perspectives, avoua Bella.

— Ça…

Les deux jeunes femmes continuèrent leur route.

— Est—ce que je suis déséquilibrée ? demanda alors Adélaïde, tout de même honteuse de ses déviances.

— Je ne sais pas, je ne peux pas vous le dire madame… mais dire que vous l'êtes serait oublier ce que vous traversez. Vous savez à cause du boulot et du surmenage *D* en était venue à tromper son mari, ce qui fut à l'origine des tensions avec lui et ses fils…

— Oui, je le sais, annonça Adélaïde.

— Mais regardez le travail qu'on fait, on voit sans cesse des horreurs. Il faut avoir le cœur bien accroché pour supporter ça, rappela Bella.

— C'est cela… Le psy m'a dit de ne pas avoir honte, que c'était ma façon de pallier la folie, comme pour beaucoup. On enquête sur des meurtres horribles non résolus, on étudie la vie des politiques pour trouver un moyen de leur faire payer leurs crimes, on arrive sur le lieu d'un massacre et on devrait encaisser le fait que l'auteur de ces morts ne se fera jamais arrêté parce qu'il est riche… On vit dans un monde terrifiant. Le seul moyen de ne pas devenir fou c'est d'avoir du plaisir, de profiter. Et le sexe est la meilleure façon d'en obtenir rapidement.

— C'est cela… On est tous un peu comme ça. Quand on a couché ensemble avec votre mari, c'était ça. On s'était retrouvés sur la même enquête et on a voulu décompresser.

Adélaïde acquiesça. Ça aussi elle le savait. Mais elle n'arrivait quand même pas à assumer ses démons… Elle ne l'avait pas dit à Bella, mais à chaque fois qu'elle avait eu un rapport avec une fille elle l'avait raconté à Phileas pour libérer sa conscience, afin de s'amender de ses pêchés… Et elle avait beaucoup de chance qu'il soit compréhensif et patient avec elle, qu'il ne lui en veuille pas. Peut—être parce que c'était lui qui l'avait fait entrer dans ce monde ? Ou parce qu'il savait qu'elle était encore jeune et que c'était une vie éprouvante ? En tout cas il ne lui en voulait pas. Au contraire, il se montrait indulgent et détournait même parfois cela comme un sujet d'excitation. C'était presque devenu un rituel pour pimenter certaines de leurs nuits. D'ailleurs il avouait volontiers qu'il désespérait de pouvoir un jour la voir à l'œuvre, mais ils n'en avaient jamais eu l'occasion.

— Bella, mes enfants me manquent…

— Je ne sais pas quoi vous dire… je comprends, et je suis de tout cœur avec vous, répondit celle—ci.

Les deux femmes arrivèrent au centre—ville et passant à côté du 4X4, se dirigèrent vers le bar.

— Si cela vous dit… on peut le faire à trois… s'il est d'accord, fit gênée Adélaïde en baissant les yeux.

— Cela me plairait beaucoup… ce qu'on a fait m'a énormément plu…

— Alors ? demanda *Trois*.

Les six agents s'étaient retrouvés autour de bières et de boissons fraiches, attablés près de la cheminée. La décoration était sobre et la salle était perdue dans la pénombre, mais l'ambiance était là, un mélange entre une vieille taverne du moyen—âge et un lieu de convivialité.

— Les environs sont dégagés, sortir du village est chose aisée, fit Bella.

— Il y a seize tombes Sandre au cimetière, annonça Phileas. Une femme et deux enfants morts il y a à peu près trente ans, et les autres vers le début des années 1900.

— On est allés à la mairie aussi, annonça *Treize*. On a étudié le passé du village. Il y a beaucoup de passages souterrains par ici.

— Ah ? fit Phileas en buvant une gorgée de sa bière.

— Oui.

Daniels termina son diabolo d'une traite et regarda ses compères.

— Comment allons—nous trouver ce Sandre ? demanda—t—il. Je n'ai repéré aucune plaque, quelle qu'elle soit.

— Je ne sais pas trop, fit Phileas. Adélaïde ?

Adélaïde n'écoutait pas. Elle buvait son cocktail en n'arrêtant pas de réfléchir à ce qui venait de se passer avec Bella. Elle savait que Phileas était aussi déprimé qu'elle malgré sa façade… le faire à trois boosterait sûrement leurs relations sexuelles, et cela rajouterait du piment à leur vie qui avait bien besoin d'un remontant. Cela leur permettrait de compenser un peu leur peine… Et puis Bella était d'accord.

— Adélaïde ? Ohé ? redemanda Phileas plus fort.

Adélaïde émergea en sursautant, sortant paniquée de ses rêveries.

— Oh, pardon… j'avais la tête ailleurs. Vous disiez ?

— On se demandait comment trouver le docteur Sandre sans…

— Moi je sais ! s'exclama soudain une voix féminine.

Étonnés de cette intervention, les six agents regardèrent en direction de la cheminée, où une tête émergea de derrière un fauteuil.

— Euh... hello, fit *Trois*.

La jeune fille se leva du fauteuil et vint près de leur table.

— Bonjour, désolée de me mêler de ce qui me regarde pas mais j'ai entendu que vous cherchiez le docteur Sandre.

— Oui.

— Je m'appelle Maggie, se présenta—t—elle.

— Enchanté.

— Enchantée.

— C'est un plaisir…

La jeune demoiselle était gênée, mais son sourire, sa beauté rafraichissante et ses cheveux d'un blond très clair trahissaient d'une joie de vivre et d'une innocence qui ne pouvaient signifier qu'une chose, elle était généreuse et douce et ne pensait qu'à les aider.

— Alors vous cherchez le docteur Sandre ? Je peux vous conduire jusqu'à lui.

— Vous avez quel âge ? demanda Phileas en prenant sa pinte pour en boire une gorgée.

— Dix—sept ans, répondit la demoiselle.

— D'accord, fit—il en reposant sa boisson sur la table. Eh bien, écoutez, prenez un verre, installez—vous avec nous et lorsque nous aurons fini de boire, vous nous conduirez jusqu'à lui.

La demoiselle esquissa un sourire à Phileas, rassurée de leur convivialité et prenant son verre et son livre à sa place, s'installa avec eux.

— Tu es fou, murmura discrètement Adélaïde à son mari.

— Faisons discrètement connaissance… Et puis c'est la solution à nos problèmes.

— Mouais…

Adélaïde ne se montra guère convaincue par l'idée de mêler une enfant à leur enquête, mais elle se prêta au jeu, discutant comme les autres avec la jeune femme. Très cordiale, Maggie annonça vivre au village depuis sa plus tendre enfance et s'y plaire. Elle trouvait l'endroit calme et agréable… Elle leur révéla que le docteur Sandre était à la fois le médecin généraliste et le dentiste du coin, et qu'elle le trouvait serviable et sympathique. *« A—t—il une famille ? » « Il y a trois tombes au cimetière qui seraient celles de sa femme et de ses deux enfants, une fille et un garçon, morts dans l'incendie de sa maison il y a des années. Mais personne n'en parle vraiment. », « Comment est—il avec les gens ? », « Toujours aimable, prêt à aider. Tout le monde le connait et l'apprécie beaucoup. »* Ils discutèrent ainsi, la jeune Maggie répondant à leurs questions, jusqu'à ce qu'ils aient fini de boire.

Se levant pour payer leur consommation, ils partirent ensuite, et la jeune femme les amena au cabinet du docteur Sandre pour qu'ils puissent le rencontrer. Il était en consultation mais elle les présenta, précisant avec humour qu'elle connaissait le docteur depuis son enfance, et que c'est même lui qui lui avait posé puis retiré son appareil dentaire.

Imposant et robuste, l'homme âgé d'une cinquantaine d'années parlait couramment français, était bon vivant et ricaneur, et leur sembla immédiatement fort sympathique. Hélas, ayant encore beaucoup de patients à ausculter, il n'avait cependant pas de temps à leur consacrer. Il leur proposa donc de dîner le soir même, ce qu'ils acceptèrent.

— C'est parfait alors ! Mais j'espère que je n'ai rien fait mal ? Parce que si vous devez m'embarquer, j'aimerais bien que ce soit après le repas de dimanche, je n'ai pas mangé un bon cochon grillé depuis longtemps, et je ne veux pas le rater !

— Non, ne vous en faites pas ! sourit Adélaïde.

— Alors c'est super !

Le remerciant pour son hospitalité, Phileas, *Trois*, *Quatre*, *Treize*, Daniels et elle se retirèrent ensuite. Amusés par ce bonhomme qui faisait plus penser à un Carlos qu'à un Hugo Strange[2] ou à un docteur Muller[3], ils le trouvaient de bonne compagnie.

— Maggie, veux—tu bien revenir vers six heures, pour m'aider à préparer le repas pour nos invités ? la rappela toutefois le docteur Sandre avant qu'elle ne passe la porte.

— Bien sûr docteur ! s'exclama enjouée la jeune fille en se retournant.

— Maggie, Maggie, combien de fois t'ai—je déjà dit de m'appeler Hugo !

— Bien monsieur, s'excusa la demoiselle.

— Maggie ?

— D'accord, Hugo.

— Voilà, c'est mieux ! sourit Sandre.

Maggie sortit, referma la porte du cabinet derrière elle, et rejoignit la petite troupe dans la rue.

---

[2] —Hugo Strange & DC Comics and all related characters, names and terminology © DC Comics, Inc. Tous droits réservés.

[3] —Docteur Muller © Hergé/Moulinsart 2011 — tous droits réservés.

— Alors ? Que comptez—vous faire ? demanda—t—elle enjouée.

— Eh bien, nous allons nous trouver un hôtel Maggie, s'exclama Adélaïde.

— D'accord, d'accord…

La jeune femme sembla un peu mal à l'aise… Elle ne savait trop que faire maintenant. Continuer à discuter avec eux, certaine qu'elle les dérangeait plus qu'autre chose ? Ou bien rentrer chez elle en attendant le repas du soir ?

— Daniels, vous voudriez bien raccompagner cette jeune personne, je n'aimerais pas qu'il lui arrive malheur, fit Phileas, coupant court à ses questions.

— Hein ? s'exclama Daniels.

— Quoi ? s'étonna Adélaïde.

— You know, nothing can happen to me…

— Oui, je sais, mais je préférerais, et puis nous n'avons pas besoin d'être six pour trouver des chambres où passer la nuit. It's the french hospitality, répondit Phileas à la jeune demoiselle sans se soucier des propos qui fusaient.

— Phileas, tenta de le reprendre son épouse.

— Bien, d'accord, j'accepte ! Il y a un excellent hôtel au bout de cette rue, annonça enjouée la jeune femme en montrant une allée piétonne.

— Mais monsieur, reprit gêné Daniels.

— Merci beaucoup Maggie. C'est un ordre, Billy.

— Bien. D'accord…

— Phileas, on va avoir une petite discussion tous les deux, annonça irritée Adélaïde.

Phileas regarda Billy partir raccompagner Maggie, puis lorsqu'ils furent assez loin, se tourna vers sa femme.

— Il faut le laisser un peu respirer. Il n'est pas à l'aise, répondit—il.

— Oui, il m'a semblé aussi un peu terrifié en notre présence, confirma *Treize* dubitatif en regardant les deux jeunes gens partir au loin.

— Phileas, c'est peut—être vrai mais je n'aime pas quand tu décides pour moi.

— Adélaïde, n'oublie pas qu'il n'est pas agent de terrain, il est juste un agent de bureau.

— Ça, je le sais. Mais je n'aime pas quand tu décides pour moi !

— Bon, allons chercher un hôtel, s'exclama *Trois* en soupirant.

Entraînant la marche, il s'engagea alors dans l'allée piétonne montrée par Maggie afin d'aller réserver des chambres d'hôtel.

— Je n'aime vraiment pas, chuchota la jeune femme.

— Je sais, je sais, tu me puniras ce soir au lit…

Les quatre agents autorisés à tuer et Adélaïde avancèrent dans la rue, se recouvrant un peu, le temps se rafraichissant.

— Vous n'êtes pas croyables tous les deux sauf votre respect, ricana *Treize*.

— On sait, fit Phileas.

— Votre avis sur Sandre ? demanda sérieuse Bella.

— Il a l'air sympathique, mais méfions—nous, répondit *Trois*.

— Je pense la même chose, reprit *Treize*.

— Il faudrait obtenir des renseignements sur la mort de sa famille en tout cas, cela me parait étrange, signala Phileas.

— Je suis d'accord avec vous tous, rétorqua Adélaïde, mais tant que nous n'avons pas de faits avérés, considérons—le quand même avec objectivité. Ne restons pas bloqués sur des ouïes—dires, même s'ils proviennent du MI5.

— Vous avez raison madame, fit Bella.

Les cinq agents arrivèrent à l'hôtel indiqué par Maggie et réservèrent cinq chambres pour la nuit. Là—dessus un peu fatigués, ils prirent avec soulagement congé les uns des autres et se séparèrent pour aller se reposer en attendant le dîner, prévu pour huit heures. Adélaïde et Phileas montant alors ensemble jusqu'à leur suite, avancèrent dans les couloirs main dans la main. Entrant toutefois à la suite de son compagnon, la jeune femme le regarda s'installer sur le lit avec hésitation, chagrinée. Triste, elle se décida à se lancer et inspira à grand coup.

— Qu'est—ce qu'il y a chérie ? demanda Phileas étonné de la voir rester sur le pas de la porte.

— Il faut que je te parle Phil.

La jeune femme entra dans la suite et referma la porte derrière elle.

*

— Alors ? Vous êtes français ? s'exclama Maggie.

— Non, je suis anglais d'origine, mais j'ai vécu la majeure partie de ma vie en France. D'ailleurs si vous préférez, nous pouvons parler anglais.

— Non, cela ira. Cela me fait réviser un peu.

Daniels regarda la jeune fille, qui se remit mal à l'aise une mèche derrière l'oreille. Elle était nerveuse de cette balade, mais cela ne gâchait rien de sa beauté. Et elle avait ce sourire constant aux lèvres qui la rendait si somptueuse et joviale.

— How old are you ? demanda—t—il pour engager la conversation.

— Well, I'm seventeen years old. And you? répondit Maggie.

— Yeah, that's right, you ever said it. Me I'm twenty—six years old.

— God, you look so young!

— Thank you…

Tout en continuant à descendre vers le port, Billy et Maggie se regardèrent en s'échangeant un autre sourire complice.

— Cela vous dirait de boire un coup ? demanda soudainement la jeune femme en voyant un Pub installé en face des bateaux.

— Volontiers, mais c'est moi qui paye, s'exclama Daniels.

Maggie accepta de se faire inviter, charmée, et le tira par la main jusqu'à une table.

S'asseyant alors, commandant deux chocolats chauds, ils discutèrent de tout et de rien et une réelle complicité s'installa rapidement entre eux. Ils avaient les mêmes opinions politiques, les mêmes goûts musicaux, la même passion pour les petits films d'auteur... ils avaient énormément en commun. Et les regards qu'ils s'échangeaient… C'était étrange à reconnaître pour eux, mais ils s'amourachaient l'un de l'autre, malgré l'absurdité de la chose. Cela se ressentit d'ailleurs surtout lorsque Maggie dut partir avec regret rejoindre le docteur Sandre pour l'aider à préparer le dîner, car ils se quittèrent avec amertume, déçus d'être déjà séparés. La jeune fille lui signifia toutefois sa sympathie en lui faisant un bisou sur la joue qui le réchauffa grandement, et qui l'aida à attendre le repas du soir. Séduit, il flâna d'ailleurs dans le village durant plus d'une heure avant de rejoindre l'hôtel.

Maggie arriva essoufflée chez le docteur Sandre, et toqua à la porte. Elle était un peu en retard, elle espérait qu'il ne lui en voudrait pas... Reprenant son souffle elle attendit quelques instants avant qu'il ne lui ouvre.

— Oh, Maggie, it's you, fit Sandre en la voyant.

— Oui, oui.

— Oh, maybe you would like to speak in French like our friends. Parfait, alors parlons français.

— Merci docteur. Cela me fera de la pratique.

Sandre la fit entrer à l'intérieur en souriant, et referma derrière elle. Ils se rendirent alors à la cuisine.

— Qu'y a—t—il à faire ? demanda la demoiselle.

— Peux—tu déjà mettre la table au salon ?

— Oui, oui, bien sûr.

Maggie se rendit dans la salle à manger et débarrassa la longue table en chêne pour mettre une nappe et installer les assiettes, les couverts, et les verres à vin. Une dizaine de minutes plus tard, la table dressée et les chandeliers installés, elle revint à la cuisine, tout sourire.

— Que puis—je faire d'autre pour vous docteur ? demanda—t—elle.

— Tu vas m'aider à faire à manger, répondit celui—ci en sortant un immense couteau de charcutier du tiroir.

XV

France, demeure familiale des Queneau, 20h20.
Wanda retira la cigarette de sa bouche et en expira la fumée. Regardant de ses yeux encore rouges l'horizon qui commençait à prendre une teinte orangée par—dessus les toits de la ville, elle gratta machinalement son bras avant de se réinstaller un peu plus confortablement. Assise sur le rebord de sa fenêtre, elle était lasse et épuisée. Elle venait d'arrêter de pleurer mais ses crises reviendraient. Son frère et sa sœur lui manquaient, elle ressentait un vide qu'elle n'arriverait pas à combler... Ce n'était pas évident à supporter et encore moins à gérer. Ils n'avaient encore que quelques mois mais elle les aimait déjà tellement... Dès qu'elle le pouvait, elle revenait en France pour les voir, pour alléger Adélaïde et son père de leur charge. Elle adorait leur raconter une histoire, les bercer, discuter avec eux... Les yeux redevenant humides, elle se rappela avec tristesse qu'ils commençaient à peine à s'éveiller. Ils commençaient à jouer avec leurs mains ou à sucer leurs doigts, à tenir fermement les objets qui passaient à leur portée, à tout porter à la bouche, à regarder autour d'eux... Ils se découvraient à peine bon sang, pourquoi les leur avait—on pris ? Pourquoi pas elle ? Bon Dieu, pourquoi pas elle ? Tremblante, Wanda reporta la cigarette à sa bouche, les yeux en larmes. Tirant une longue latte, elle apprécia l'effet apaisant et se reconcentra sur la ville pour tenter

d'oublier. Cela faisait deux ans qu'elle n'avait pas fumé, son père et son grand—père détestaient ça. Mais elle en avait besoin. Elle avait besoin de se calmer, de se détendre sans se défouler. C'était une situation horrible. Ils la regardaient avec des yeux si ouverts, si admiratifs... Chaque fois qu'elle rentrait, elle avait l'impression qu'ils souriaient de plaisir en la voyant, comme s'ils l'attendaient avec impatience.

Wanda ferma les yeux et essaya tant bien que mal de retenir un sanglot en repensant aux derniers instants qu'elle avait passés avec eux. Ils étaient sur le tapis dans leur chambre, allongés sur le ventre, et jouaient avec leurs jeux. Elle était venue leur dire au revoir et Jean frappait le sol avec son cube tandis qu'Adrien blablatait avec un nounours. C'était touchant, agréablement euphorisant... Elle aurait voulu rester pour jouer avec eux et les entendre gazouiller.

— Tu vas être en retard Wanda, s'était alors exclamée Adélaïde, assise sur la chaise à bascule non loin.

Lisant pour elle une comptine tout en surveillant ses enfants, Adélaïde la regardait un sourire aux lèvres.

— Je sais mais ils sont trop choux... Je n'arrive pas à les laisser, lui avait—elle répondu, déçue de devoir s'en aller.

— Bah, tu les reverras, ne t'inquiète pas.

« Bah, tu les reverras » : c'est sur ces mots prononcés par Adélaïde qu'elle s'était finalement décidée à y aller, laissant son petit frère et sa petite sœur, éclairés à travers la fenêtre par un coucher de soleil rayonnant. Elle avait déposé un baiser passionné sur leur front puis avait fait la bise à Adélaïde avant de sortir de la chambre pour rejoindre son père en bas afin qu'il l'amène à l'aéroport. C'était la dernière fois qu'elle les avait vus, elle était tellement

déboussolée qu'elle ne pourrait même plus dire quand c'était, quel jour c'était...

Wanda écrasa sa cigarette dans le cendrier qu'elle avait apporté et inspira profondément avant d'expirer avec peine. Un instant elle regarda le vide, scrutant la pelouse en contrebas... Elle se sentait mal, elle était perdue, triste... bon sang, comment pouvait—on enlever des nourrissons ? Et comment vivre après ça ? Comment ?

Wanda se redressa, fit attention à ne pas tomber et rentra à l'intérieur. Elle se plaça alors devant son miroir pour se regarder et essuya ses yeux. Son reflet était la moitié de ce qu'elle était, abattu, négligé, fade... Elle ne s'occupait plus d'elle—même. Elle remarqua même qu'elle ne s'était pas rasée depuis deux jours et qu'elle n'avait pas non plus pris de douche dernièrement... Se déshabillant donc elle se résigna à aller se laver. Elle n'en avait pas envie mais elle ne devait pas se laisser aller, elle se devait d'être forte, elle se devait d'être courageuse... Il fallait qu'elle continue à vivre même si c'était dur, il fallait qu'elle tienne le coup. Entrant dans la douche, elle tourna les robinets d'eau chaude et d'eau froide et se plaça sous le jet, avant de diminuer peu à peu l'eau froide jusqu'à en être presque ébouillantée... Le dos rouge, elle se laissa alors sans pouvoir y remédier submerger par le chagrin et pleura en s'asseyant. Elle remonta bien l'eau froide pour abréger sa douleur, se trouvant idiote d'avoir fait ça, mais elle continua toujours à pleurer de tout son être, abattue par le chagrin et la douleur. Son petit Adrien et sa petite Jean n'étaient plus là... Elle avait déjà perdu Jarod, qu'elle aimait profondément mais à qui elle n'avait pas avoué ses sentiments avant qu'il ne meure, et maintenant, comme si elle n'était pas déjà assez mal, elle les perdait eux. Ils n'étaient plus dans sa vie, ils lui avaient été ravis… Et le pire dans tout ça, c'est qu'elle avait beau savoir qu'Adélaïde et son père étaient à leur recherche, elle aurait aimé qu'ils soient là avec elle, que son père soit là pour la prendre dans ses bras et la consoler… Elle ne pouvait pas tenir seule… Wanda le savait, elle n'était pas assez forte… Phileas n'était peut—être pas son vrai père mais elle avait besoin qu'il la réconforte. Elle avait besoin de lui…

XVI

Le moment de retourner à la demeure du docteur Sandre pour le dîner arriva rapidement.

Malheureusement ce n'était pas assez rapide pour Daniels, qui afficha sur le visage une joie impatiente qu'on ne lui connaissait guère, ni non plus pour Adélaïde, qui malgré une très belle robe, un maquillage délicat et une coupe de cheveux élégante, était chagrinée. Il fallait dire que Phileas n'avait pas trop aimé ce qu'il avait appris plus tôt, et qu'il était encore plus que déçu, pour ne pas dire furieux. Ses excuses ne compensant pas sa faute, même si son honnêteté lui faisait honneur, Adélaïde avait passé presque toute l'heure passée à pleurer, terriblement désolée et prise de regrets. Elle s'était justifiée en lui expliquant tout ce que le psychologue du *Service* lui avait révélé sur son comportement, expliquant que ce n'était pas facile pour elle à gérer, qu'elle l'aimait toujours autant et que cela ne changeait rien, mais elle—même reconnaissait qu'elle était allée trop loin.

Phileas s'était pourtant montré compréhensif. S'asseyant avec elle, il lui avait dit avec sincérité qu'il ne s'estimait pas le droit de la juger à cause de sa bisexualité. Elle aimait autant les femmes que lui, alors même s'ils étaient mariés, il n'avait pas le droit de lui en vouloir. Il aurait bien sûr préféré qu'elle sache rester fidèle mais il acceptait la situation. Elle était bisexuelle, tout cela allait de pair avec…

Mais bien qu'ils se soient donc réconciliés, Phileas restait énervé à son encontre, et Adélaïde était triste et affligée de cette dispute. Son pardon ne l'empêchait pas d'avoir des remords, surtout qu'elle se doutait que cela lui assénait un autre coup dont il se serait bien passé, et elle s'en voulait. À cause de cela donc, elle attendait cette sortie avec impatience, pour pouvoir se changer les idées et se noyer dans le travail…

Les six agents se retrouvèrent dans le hall d'entrée de l'hôtel sur les coups de huit heures moins le quart. *Trois*, *Treize* et Daniels étaient en smokings, Phileas en costume trois—pièces, Adélaïde dans une robe bleue foncée à fines bretelles très près du corps et enfin Bella en portait une noire sans bretelles. Ils avaient voulu marquer le coup, non pas pour en mettre plein la vue ou pour se montrer hautains, mais parce qu'ils prenaient ce repas avec sérieux et que Maggie et le docteur avaient le droit à des invités bien habillés.

Alors qu'ils s'avancèrent vers la sortie, Bella croisa le regard d'Adélaïde. Celle—ci détourna cependant immédiatement les yeux. L'agente s'en étonna, surprise comme si elle avait eu honte, mais au regard de Phileas elle comprit que la jeune femme lui avait raconté ce qu'elles avaient fait et baissa la tête. Elle fut extrêmement gênée qu'il le sache, surtout aussi vite…

— Ça va ? demanda—t—elle discrètement à Adélaïde quand Phileas regarda ailleurs.

— Oui, si ce n'est ma fierté… répondit la jeune femme.

Bella ne rajouta rien, mal à l'aise et passablement humiliée. Elle aussi elle avait passé ces dernières heures à réfléchir à ce qu'Adélaïde et elle avaient fait, revivant chaque instant avec détails. Seulement elle, elle ne l'avait pas vraiment regretté. C'était étrange de se faire caresser par une fille, pourtant elle avait aimé et ne serait pas contre recommencer, bien que de tenir, de sentir et d'avoir en bouche un sexe d'homme lui manquerait peut—être trop lors d'un rapport homosexuel. Elle pourrait peut—être se passer d'une pénétration, mais elle adorait vraiment pratiquer la fellation. C'était son péché mignon, et elle raffolait du mets spécial qui…

— Bella, vous êtes ailleurs ? demanda *Treize*.

— Euh, oui pardon Charles, désolée…

Bella se reconcentra, ferma son petit sac à main renfermant son Beretta, et suivit la troupe.

— Bien, allons—y, lâcha Phileas.

— Euh, monsieur, je voulais vous dire… l'interpella Bella alors qu'il passait à côté d'elle.

— Oui, quoi ? répondit l'agent en se retournant vers elle, le regard noir.

— Non, rien… rien… fit—elle en baissant les yeux.

Phileas la regarda quelques secondes, satisfait de son silence, puis sortit de l'hôtel et menant l'équipe, se rendit à la maison du docteur. Ils y arrivèrent moins de cinq minutes plus tard.

— *Treize* ? Vous avez la bouteille de champagne ? demanda—t—il.

— Oui.

— Bien, alors levé de rideau.

Phileas toqua à la porte, attendit patiemment, et une dizaine de secondes plus tard lorsque le docteur Sandre vint leur ouvrir, habillé d'un costume typique des années soixante—dix en cachemire à carreaux avec des ronds—de—cuir, il lui adressa un sourire convivial et chaleureux.

— Oh, mes amis ! Entrez donc ! s'exclama le docteur.

— Bonsoir monsieur, répondit Phileas.

— Oh, je vous en prie, appelez—moi Hugo.

— Do you want that we speak english ? interrogea *Treize* en entrant en tendant la bouteille de champagne.

— Oh non, grand Dieu non, je veux parler français, c'est une si merveilleuse langue ! Mon Dieu, du champagne, j'adore le champagne ! Mais venez, venez !

Les agents entrèrent dans la demeure, et le docteur referma derrière eux.

— Mesdames, vous êtes exquises, de vraies marquises !

— Merci, fit Bella.

Adélaïde esquissa un sourire et se charma d'un baiser de main que lui fit le docteur avec dévotion avant qu'il n'en fasse de même avec Bella.

— Pareille beauté ne se trouve pas ici en Angleterre savez—vous ?

— Oh, je suis sûre que si, plaisanta Adélaïde.

Le docteur rigola, et d'une main tendue leur indiqua la salle à manger.

— Allez—y.

— Maggie n'est pas avec vous ? demanda alors Daniels.

— Non. Mais elle ne devrait pas tarder maintenant. Elle sera bientôt prête.

Entrant dans la pièce quelque peu déçu, Daniels tâcha de cacher sa peine et s'installa à table.

— Ce n'est pas grave, vous la reverrez, chuchota discrètement Phileas.

— La paix monsieur, la paix…

Sandre sortit une bouteille de vin et la déboucha.

— J'espère que vous appréciez le bon vin et la bonne viande, car je vous ai préparé un très bon repas.

— Ah, j'ai hâte, fit Bella en s'asseyant.

— Oui, moi aussi, ajouta *Treize*.

Phileas s'installa en face de Daniels, et regarda tout autour de lui. Il ne savait encore comment prendre la chose, car le docteur jouait un jeu étrange.

Il était cordial, agréable, serviable, mais il n'avait toujours pas posé certaines questions. Il ne leur avait même pas demandé leurs noms, ni même avait cherché à savoir pourquoi ils voulaient lui poser des questions. Cela aurait dû être la base de leur échange, et pourtant il se montrait ouvert et joyeux, fier, comme s'il savait qu'il n'avait pas à s'inquiéter de quoi que ce soit. Savait—il qui ils étaient ? Était—il si important dans l'*Organisation* qu'il se faisait le plaisir de les inviter à sa table ? Ou bien était—il vraiment ce qu'il semblait être, un bon vivant toujours partant pour un bon repas ?

Tandis qu'ils discutaient, Bella et Adélaïde à sa décoration hétéroclite lui demandant s'il voyageait beaucoup, Sandre partit chercher les entrées. Daniels demanda s'il ne préférait pas attendre que Maggie n'arrive, mais le docteur se montra contrarié, ne voulant pas risquer de brûler ses amuse—bouches. Conscients que ce serait du gâchis, ils décidèrent donc, certains qu'elle ne leur en voudrait pas, de ne pas l'attendre, et dégustèrent le premier service avec une salade. C'était de petits fours aux légumes, et avec le vin rouge ce fut succulent. Le visage de Billy resta cependant affligé, et devint de plus en plus triste, Maggie se faisant vraiment attendre… Mais Bella se voulut rassurante en lui assurant qu'elle ne devrait plus tarder, ce à quoi Sandre confirma qu'elle serait là pour le plat principal. Les discussions reprenant donc, ils discutèrent des nombreux voyages du docteur qui partit en explorateur dans toutes les régions indigènes du monde, éveillant les curiosités... Sauf celle de

Phileas, qui ne prononça aucun mot et ne participa pas aux conversations.

Il restait ainsi calme, assis sans faire trop de vague, écoutant tout en analysant le repas, la situation et les gestes, pour juger le personnage. Il n'avait pas encore la clé, mais il sentait que cela ne saurait tarder. Il aurait la réponse à ses propres questions... Les autres l'avaient d'ailleurs bien compris et jouaient le jeu, meublant le repas en le laissant tranquille. Sauf Daniels, qui se désespérait de revoir un jour la seule compagnie qu'il désirait avoir... Puis le plat principal arriva à table, égayant *Trois*, *Quatre*, *Treize*, Adélaïde et Sandre, qui trouvèrent que cela sentait extrêmement bon. C'est là que les sens de Phileas se mirent en alerte. Il émit tout de suite des réserves en voyant arriver la grosse marmite rouge. Il savait comment pensaient les monstres. Il le savait, car il savait en être un... Et lorsque Sandre bon rieur servit Daniels dans son assiette, lui conseillant de toute de suite goûter tant que c'était chaud, il ne put s'empêcher d'analyser la viande au quart de tour, en se fiant à son instinct. L'odeur, la texture, les morceaux... il ne savait que trop ce que c'était. Daniels mit une bouchée en bouche et commença à mâcher quand Phileas se redressa en lui ordonnant de recracher immédiatement ! Sortant ensuite son arme il pointa alors Sandre, et réagissant par mimétisme, tout le monde fit de même.

— Ne bougez plus ! s'écria *Trois*.

— Plus un geste ! rajouta Bella.

— Qu'est—ce qui se passe ? demanda Daniels, la bouche encore pleine.

— La viande ! répondit Phileas.

Sandre ricana, fier de sa farce macabre, et but son verre de vin. Son visage n'était plus le même, il était à présent celui d'un homme sadique et pervers.

— Quoi la viande ? reprit affolée Adélaïde.

— La viande, c'est Maggie !

— Quoi ? s'écria immédiatement Daniels en crachant avec horreur, prêt à vomir.

— Quoi ? reprirent effarés les autres en regardant Phileas.

— Le fils de pute ! vociféra *Treize* en tournant de nouveau les yeux vers le docteur.

Trois s'avança vers Sandre qui arborait un sourire narquois et le frappa à la tête avec la crosse de son arme. Phileas certain que la situation était dorénavant maîtrisée, le docteur à terre, s'empara alors du double pic à viande et plongea dans la grande marmite. Avec effroi, même lui écarquilla les yeux lorsqu'il en sortit un crâne humain.

— Le fils de pute ! perdit ses moyens Daniels.

Sans que personne ne puisse l'en empêcher, le chétif et timide assistant d'Adélaïde bondit alors avec colère sur le docteur furieux de cet acte et le molesta au visage. Les autres accourant tentèrent de le stopper mais ils n'arrivèrent à le maîtriser et à l'écarter qu'après qu'il eut fracassé sa mâchoire, son nez et son arcade sourcilière.

— Monstre, s'écria—t—il alors que *Trois* le tirait dans la pièce d'à côté pour l'écarter de sa victime. Monstre ! Ce monstre l'a tuée et me l'a fait manger ! Sale ordure ! Monstre ! Mon...

Sandre, le visage en sang, plusieurs dents cassées et le visage détruit tenta de reprendre sa respiration.

— Il est comment ? demanda *Treize* alors que Phileas s'en approcha et qu'au contraire, Bella détourna le regard.

— Amoché... Daniels l'a bien amoché.

140

— Bien fait, ordure.

— Sauf qu'il aurait fallu qu'il parle d'abord, s'exclama Phileas contrarié. Comme ça il ne nous sert à rien.

Phileas mit la main devant la bouche, un haut—le—cœur devant le repas et le visage de Sandre le prenant soudain, et continua à jauger le docteur.

— Bien, on va l'asseoir, lui soigner un minimum la tête et on va le faire parler, ordonna—t—il. Après on mettra fin à cette boucherie…

Trois heures plus tard, n'ayant obtenu aucune information de Sandre, tous se retrouvèrent à l'extérieur de sa maison. Daniels était à genoux au sol. Il était pâle, déconfit, il avait du vomi plein la chemise, mais surtout il pleurait à chaudes larmes, abattu par le chagrin... Adélaïde songea presque à le congédier définitivement du *Service*, mais il aurait besoin d'eux pour tenir. Il ne fallait surtout pas qu'il soit seul après cette épreuve… Et en le regardant, elle ne put que s'en vouloir de l'avoir forcé à venir. Le pauvre n'était pas fait pour vivre ce genre de choses et il subissait ça par sa faute... Adélaïde frissonna à cause du froid. Phileas vint derrière elle et mit sa veste de costume sur ses épaules pour la réchauffer. Bella étant également frigorifiée, *Trois* en fit de même pour elle. Ils se regardèrent alors tous les quatre avec *Treize*, puis tournèrent la tête vers la bâtisse… Phileas et *Treize* allumèrent les deux cocktails Molotov qu'ils avaient préparés et y mirent le feu. En écoutant bien ils auraient pu entendre les cris de douleur de Sandre, encore vivant à l'intérieur, mais personne ne protesta. Pensant à Maggie comme Daniels, tous les cinq eurent les larmes aux yeux en se dirigeant vers le 4X4. Cette mission avait été un échec lamentable.

XVII

Le retour en France se fit dans le plus grand calme. Daniels n'avait pas prononcé une parole depuis le départ en 4X4 du village, et assis seul au fond de l'avion, il n'avait rien fait d'autre que de regarder par le hublot durant tout le trajet. *Trois* et *Treize* avaient eux sur demande d'Adélaïde organisé les différentes équipes chargées de faire éclater l'affaire au grand jour, faisant en sorte que la police en vienne à la conclusion du cannibalisme de Sandre et que justice soit rendue à la mémoire de Maggie. Épuisés, ils passèrent donc toute la durée du voyage à dormir. Bella quant à elle… Phileas n'avait rien dit. Il l'avait juste invitée à dormir avec eux dans leur chambre d'hôtel à Margate, car là ils avaient vraiment tous les trois besoin d'un remontant. La jeune femme avait accepté de partager leur lit mais maintenant elle était gênée d'être en leur présence, et assise d'un côté de l'appareil alors qu'ils étaient de l'autre, elle n'osait trop les regarder. Adélaïde et Phileas eux enfin, étaient perdus. Cette enquête avait été un fiasco. Ils avaient fait chou blanc, n'avaient aucune piste pour retrouver leurs enfants et une jeune fille était indirectement morte par leur faute. Ils étaient à bout, désespérés, en manque de sommeil… et le câlin à trois de la veille, passé juste à se serrer nus dans les bras les uns des autres pour se réconforter n'avait rien changé. Maintenant qu'il était fini, ils se sentaient toujours aussi égarés et sans réconfort. Pauvre Maggie…

Adélaïde et Phileas étaient allongés sur des coussins devant le feu de la cheminée, la Reine dans les bras du maître du club, les deux regardant le foyer ardent. Ils avaient accepté leur défaite d'une certaine façon. Une faction spéciale du *Service* avait été créée pour retrouver leurs enfants, enquêtant, cherchant, fouillant, mais eux s'annonçaient personnellement vaincus. Ils n'avaient plus de pistes et étaient à bout de force. Enfermés depuis deux jours chez eux sans voir personne, ils laissaient ainsi les choses se faire, restant dans leur bulle, renonçant.

— Qu'est—ce qu'on va faire maintenant ? demanda Adélaïde, troublant le long silence meublé uniquement par le crépitement des flammes.

Phileas porta les yeux sur elle. Il lui caressa le visage, appréciant sa douceur, et ouvrit la bouche.

— Je ne sais pas… répondit—il.

— Bon Dieu… je ne me verrai pas le courage de refonder une famille, s'exclama Adélaïde dubitative.

— On pourra peut—être avec le temps chérie…

— Oui, sûrement…

La jeune femme se retourna lentement vers son mari et l'embrassa langoureusement. Sa bouche était chaude et sa langue douce… elle s'abandonna dans ce baiser amoureux, puis se blottissant contre lui pour qu'il la prenne dans ses bras, s'installa pour dormir.

— Au fait, tu te souviens aux Rodiers de ce cunnilingus qu'on t'a fait en sortant de la salle égyptienne ? fit calmement Phileas.

— Oui, bien sûr. Il était fantastique ! C'était la veille d'Halloween, je crois, le soir où tu m'as pelotée… Mais je ne me souviens pas t'en avoir parlé ? s'intrigua Adélaïde.

— C'était moi, sourit Phileas.

Adélaïde releva la tête, étonnée.

— C'était toi ?

— Oui, rigola—t—il.

Adélaïde se redressa sur ses bras.

— Attends, tu m'as fait un broute—minou avant même qu'on ne soit ensemble ?

— Oui. Ce soir—là j'étais un peu chaud… et quand je t'ai vue à demi nue dans ce couloir, je n'ai pas pu résister…

Les deux amants se sourirent, repensant avec émotion à ce fameux instant, Phileas satisfait de sa surprise, et Adélaïde euphorique de cette révélation. Puis l'horreur de la situation les rattrapa à nouveau. Adélaïde perdit son sourire et se recroquevilla de nouveau entre les bras de son amour.

— Ça va aller Adélaïde ça va aller…

L'enlaçant pour lui tenir chaud, Phileas la caressa jusqu'à ce qu'ils s'endorment.

Ils se réveillèrent une heure et demie plus tard. Adélaïde par un bruit, et Phileas par ses mains glacées qu'elle passa sous son tee—shirt. Satisfaite de pouvoir le taquiner ainsi, elle se colla à lui pour l'embêter. Elle serait tellement perdue sans lui, pensa—t—elle. S'il n'existait pas, elle ne savait pas comment elle aurait tenu…

— Sale peste, déclara—t—il.

— Tu as vu ? Le feu s'est éteint. On dort depuis longtemps ? fit étonnée Adélaïde.

— Moi j'aurais bien aimé dormir plus, s'exclama Phileas.

— Oh… comme si je t'en empêchais.

Phileas ne répondit pas, il passa ses propres mains particulièrement glacées sous ses vêtements. Le traitement fut radical.

— Ah, ah, elles sont froides !

— Ça t'apprendra…

Il se serra contre elle pour la frigorifier autant que possible, jouissant d'une telle torture… Mais la jeune femme, redevenue sérieuse, lui posa alors une question qui lui brûlait les lèvres.

— Dis… quand je suis tombée amoureuse de toi il y a deux ans… c'était un soir où tu buvais. Je ne sais pas si tu te souviens mais tu noyais ton chagrin dans l'alcool au club… Qu'est—ce qui s'était passé ?

Phileas ne chercha plus à la refroidir et réfléchit, essayant de se remémorer ce fameux soir.

— Un ami de longue date venait de mourir, révéla—t—il lorsque cela lui revint.

— Ah, désolée, répondit Adélaïde.

— Pas la peine, depuis le temps.

— C'était qui ?

— C'était mon professeur d'histoire à l'orphelinat. On avait gardé le contact… Je buvais en son honneur. C'est la seule fois où j'ai bu plus que de raison au club d'ailleurs.

Adélaïde acquiesça puis se glissa entre ses bras et posa sa tête sur son torse.

— Tu veux bien parler à ta fille ? demanda—t—elle alors.

— Comment ça ? s'étonna Phileas, ne trouvant aucun rapport entre les deux.

— Elle… elle m'a dit qu'elle avait fait des tests et que tu n'étais pas son père.

Phileas regarda Adélaïde étonnée.

— Qu’est—ce que tu me chantes là ? fit—il.

— Ben c’est ce qu’elle m’a dit.

— Ah… je comprends mieux alors pourquoi elle n’est pas bien depuis un mois.

— Ben c’est normal en même temps, tu comptes tellement pour elle.

Phileas se leva, la laissant seule sur les coussins et mit un peu d’ordre sur son bureau.

— Quoi, qu’est—ce qu’il y a ? lui demanda Adélaïde en se relevant à son tour pour venir à ses côtés.

— Cette banane est ma fille Adélaïde.

— Quoi ?

— Lorsque je me suis fait tirer dessus on a dû me faire des transfusions importantes de sang, cela l’a en grande partie altéré.

— Quoi ? Tu veux dire que… ?

— Wanda est bien ma fille, le sang qu’elle a dû utiliser pour faire le test devait être celui de mon donneur. On en a plusieurs fioles au *Service*. C’est marqué « *Sang Donneur Phileas* » dessus. Elle n’a pas dû chercher plus loin.

— Attends tu veux dire qu’elle est mal pour rien ?

— Ouais… Et que tu t’es bien envoyée en l’air avec ma fille ! ricana nerveusement Phileas.

Adélaïde le regarda en se mordant la lèvre, embarrassée.

— Je… écoute, cela s’est passé comme ça un soir où tu n’étais pas là.

— Oh mais je sais quel soir c’était, et j’ai eu tous les détails.

— Bon sang ! fit Adélaïde en regardant ailleurs un sourire gêné, tu dois me prendre pour une traînée.

— Je savais comment tu étais…

— Ce n'est pas vrai, quand je suis tombée amoureuse de toi et qu'on est sorti ensemble je n'étais pas comme ça ! Et je n'aime pas être comme ça !

— Mais tu l'es devenue… Tu aimes aussi les filles, soit, je me suis fait une raison. On en a déjà discuté et on en discutera encore et encore…

— Attends, tu penses que c'est ma génération qui veut ça ?

— Non, pas spécialement. Tu as des envies… moi aussi j'en ai eu à ton âge, et je les assouvissais.

— Ouais, donc il faut bien que jeunesse se passe c'est ça ? s'offusqua Adélaïde.

— Non, il faut que même si on s'aime et qu'on est mariés, tu profites avant qu'il ne soit trop tard…

— En gros tu m'encourages à aller voir des filles dès que j'en ai envie ? demanda Adélaïde.

— Non, je t'encourage à profiter encore un peu de la vie… tu es jeune, tu n'as même pas 25 ans et tu es déjà mariée et mère, je me doute que cela peut te peser… tu as le droit de t'amuser à côté si ça te permet de décompresser et de t'épanouir, surtout vu notre boulot.

Adélaïde déposa un baiser sur la joue de son époux, vraiment soulagée.

— Merci… mais sache que malgré tout je le fais moins, annonça—t—elle avec mauvaise conscience. Et c'est toi que j'aime à la folie et qui me fait mouiller comme une malade.

— Mouais… mais si tu refais ça avec ma propre fille je te pète la gueule.

— Oui monsieur…

Adélaïde se détacha de lui, et afficha un sourire nerveux pour détendre l'atmosphère.

— Mais je persiste à dire que tu es un type bizarre…

— Je ne peux pas te blâmer vu ce que je faisais à ton âge, et si tu le savais tu comprendrais que je sois coulant, ricana Phileas.

— J'imagine bien, derrière ta façade de gentleman tu devais être un grand tordu… mais tout de même… tu es…

— Je ne veux pas m'énerver contre toi, reprit sèchement et en conclusion définitive Phileas agacé. Je ne veux jamais m'emporter contre toi pour quelque raison que ce soit, car si cela devait se produire…

Phileas ne termina pas sa phrase et Adélaïde ne répondit pas. Son ton, son attitude, son regard, ses mots… le message était clair, et si elle tenait à le garder elle allait devoir arrêter ses bêtises.

— Bien Phil…

Phileas prit sa femme dans ses bras pour la rassurer et qu'elle reprenne le sourire. Il était conciliant mais il y avait des limites… fort heureusement elles n'étaient pas atteintes alors il voulait qu'elle soit heureuse.

— Je sais que je suis loin d'être la femme parfaite que tu espérais… et je m'excuse d'être volage… fit—elle.

— Ce n'est pas grave…

— C'est quoi cette horreur sans bras ni jambes ? demanda—t—elle alors en voyant un croquis sur son bureau.

Le prenant en main elle le regarda de plus près.

— C'est un dessin préparatoire d'une espèce extra—terrestre, les Graysing, que j'ai créée pour un livre que j'écris, le *Naufrage du Star Fellow*.

— Ah ? Une fable pour le club ?

— Non, plutôt une histoire de science—fiction que j'aimerais publier ou proposer à l'adaptation cinématographique.

— Raconte.

— Cela commence un peu en film catastrophe. Des vaisseaux spatiaux arrivent sur terre et les humains établissent le premier contact mais cela se passe mal et la destruction commence. Quand tout semble perdu, un autre vaisseau arrive alors et se bat contre les premiers jusqu'à ce qu'ils battent en retraite. Les nouveaux arrivants expliquent alors aux humains que cette race est hostile et que s'ils le veulent, ils peuvent les rejoindre pour les faire battre en retraite jusqu'à leur planète… Enfin bref, je n'ai pas tout écrit, mais je trouvais l'idée fantastique. Un mélange de SF et de film de guerre, le tout différent de tout ce qui a déjà été fait. Voici le synopsis…

Phileas attrapa une feuille qui trainait dans ses affaires et la tendit à sa compagne pour la lui faire lire.

« Je vais vous raconter une histoire. Une histoire qui commence sur la planète Terre, du système solaire. Les humains, habitants de cette planète étaient partagés, bons et mauvais, riches et pauvres, ne se préoccupant que d'eux—mêmes. La Terre était de ce fait parcourue de guerres et de drames que seuls certains tentaient de réparer. Mais un jour, une race extra—terrestre établit le premier contact avec ce peuple, et ce fut l'effervescence sur la Terre. Les humains s'unirent et s'entraidèrent, ils devinrent tous bons et réparèrent leurs erreurs pour sauver leur planète. Ils firent preuve d'une grandeur sans précédent lorsqu'ils réalisèrent qu'ils n'étaient pas seuls, qu'ils n'étaient plus seuls. En un an, temps entre le premier contact radio et l'arrivée de ces gens d'un autre monde, les humains éradiquèrent ainsi d'eux—mêmes leur système d'argent, leurs guerres, leurs religions et leurs famines… Ils prospérèrent.

Malheureusement, les étrangers à cette planète qui débarquèrent s'avérèrent hostiles et tentèrent de les annihiler en déclenchant une guerre. Le combat fut horrible et les pertes humaines nombreuses, il y eut des pleurs et des regrets, des larmes et des déceptions, quand soudain, alors que la destruction faisait rage, un espoir arriva malgré tout. Un autre vaisseau, d'une espèce extra—terrestre différente, entra dans l'atmosphère terrestre et combattit ces envahisseurs. Ce vaisseau entièrement luminescent, tel un phare indiquant aux naufragés la terre ferme, se battit avec courage contre les ennemis de la terre. Il subit plusieurs dégâts mais il réussit à repousser avec bravoure toute la flotte ennemie en dehors de l'espace terrestre. Invitant les humains à visiter leur vaisseau, et leur offrant de quoi reconstruire leurs immeubles et leurs monuments, ces nouveaux venus leur expliquèrent alors les faits. Ils s'appelaient les Graysing en langage terrien. Ils étaient les premiers dans l'univers à avoir contacté d'autres espèces. Cela se passait bien, toutes les races de l'univers étaient enjouées de rencontrer de nouvelles formes de vies, mais un jour ils arrivèrent sur une planète hostile, abritant les Toeskna Tossana. Ceux—ci étaient mauvais et découvrant qu'il existait d'autres êtres vivants dans l'univers, partirent en conquête. Les onze autres espèces vivantes évoluées, pour protéger les civilisations moins développées affrétèrent alors, mettant toutes leurs technologies en commun, le Star Fellow, le vaisseau lumière qui partirait pourchasser les Toeskna Tossana. Suivant leur flotte sans relâche, le vaisseau brillant parcourut ainsi l'univers jusqu'à la Terre.

Lorsqu'il eut fini ces explications, le chef Graysing, le capitaine du vaisseau, proposa une offre de réparation aux habitants de la Terre. Le vaisseau abritait l'alliance des races qui s'étaient rencontrées et qui combattaient les envahisseurs hostiles pour les repousser tous jusque sur leur planète d'origine. Il les invita donc, s'ils le désiraient, à les aider à vaincre ces extra—terrestres ennemis en accueillant cinquante humains volontaires à bord pour repartir avec eux et porter le drapeau de la Terre. À l'orée du départ du vaisseau, les humains acceptèrent, fiers de pouvoir protéger d'autres espèces de l'univers, et des représentants des deux sexes, de chaque couleur de peau, de chaque continent, ou encore de chaque philosophie prirent part à l'équipage. Le vaisseau s'envolant pour retourner dans l'espace, il partit poursuivre sa traque, dans une guerre qui durera dix ans pour ses passagers, mais cent neuf ans sur Terre. »

— Ouah, s'exclama Adélaïde.

— Ça te plait comme idée ? demanda Phileas.

— C'est super ! J'ai hâte de le lire. Mais tu devrais remanier ton texte.

— Je te le ferai lire quand je l'aurai fini… Et oui, ce n'est qu'une ébauche rapide. Ça manque de dynamique, même pour un synopsis.

— Okay… dis, tu crois qu'on va quand même les retrouver ?

Phileas la prit dans ses bras et la serra fort contre lui.

— Oui, crois—moi, répondit—il.

— Pourquoi es—tu si confiant ?

Phileas déglutit. Il serra encore un peu plus sa femme dans ses bras et posa sa tête sur son épaule.

— Parce que j'ai la foi. Je sais que rien ne peut nous arriver de vraiment grave. J'ai confiance en ce type à la machine à écrire qui rédige nos vies…

Adélaïde sourit. Phileas avait toujours le mot pour rire, même dans les pires situations. La jeune femme le regarda donc, amusée, et reprit le croquis sur la table pour le regarder plus attentivement.

— Et pourquoi tes crottes de nez brunes n'ont pas de membres ? demanda—t—elle.

— Parce qu'ils ont évolué. Comme leur intelligence s'est développée jusqu'à la télépathie et la télékinésie, au fil des siècles leurs membres se sont atrophiés, car ils ne s'en servaient plus. Ce sont les gentils.

— Des gentils avec des gueules de merde ? Ça va être cool ton film !

— Attends, E.T. aussi avait une belle gueule.

— Mouais… Je ne suis pas convaincue.

— Nan, mais le mieux c'est quand enfin ils se battent. Ils matérialisent dans une construction mentale solide bleutée leurs mains comme elles étaient il y a des siècles et se battent avec. Même de les imaginer manger c'est cool. Une main bleue matérialisée à partir de rien qui prend la fourchette et l'amène à leur bouche… C'est fantastique.

— Si tu le dis… Qu'est—ce qui t'a plu chez moi au départ ?

— Physiquement ou… ?

— Les deux, répondit Adélaïde.

— Physiquement, c'était ton nez et tes yeux… pour le reste, ta personnalité et ta façon d'être… Bon, je dois dire que tes remarquables petits seins ont aidé.

— Quoiqu'ils ne soient pas si petits…

— Oui, dans la moyenne… Tu peux m'expliquer pourquoi tu passes sans cesse du coq à l'âne ?

Adélaïde ne répondit pas… elle le regarda et dessina un sourire sur son visage.

XVIII

Albert regarda discrètement par la fenêtre, soulevant avec calme le rideau pour scruter la rue. Il était en sueur, paniqué, et les mains moites, même une semaine après l'enlèvement.

— Vire de là, tu vas nous faire repérer, s'écria Christophe. Particulièrement agacé de son comportement, il semblait à bout de nerfs.

— Tu as vu les informations ? Bon sang, le camp a été attaqué ! Tout le monde est mort ! s'exclama Albert. Affolé en s'écartant de la fenêtre, il fit les cent pas dans la pièce.

— Je sais.

— Tu sais ce que cela veut dire ? Cela veut dire qu'on est les prochains sur la liste vieux !

— Albert calme—toi, s'écria soudain Patrick, assis à table.

— Que je me calme ? répondit—il stressé. Bon sang, on devait juste enlever les mioches, pas se faire zigouiller par un type désarmé et une nana en sous—vêtements ! Et maintenant même notre camp a été dévasté. C'est une mission foireuse, je savais qu'on n'aurait pas dû l'accepter !

— Tu parles, pourtant tu étais le premier à te réjouir. Dès que tu as vu la nana, tu as eu envie de te la faire !

— Ouais, peut—être, mais de la voir massacrer Jim et Dany ça m'a refroidi.

Christophe s'enfonça plus confortablement dans son fauteuil et zappa sur une autre chaîne.

— De quoi tu te plains, tu l'as vue se changer non ? T'es content ? Et puis merde, les autres sont peut—être morts mais cela nous fera plus de fric chacun.

— Mais t'es con ou quoi Chris ? Tu crois vraiment que le type qui nous a engagés va répartir leurs parts pour nous ?

— Pourquoi ne le ferait—il pas ? La mission est un succès non ? s'étonna Christophe.

Patrick se leva agacé. Il passa dans la chambre pour ne plus les entendre se chamailler une énième fois depuis sept jours, et referma derrière lui. Ces deux—là étaient de vrais idiots, beaucoup trop bêtes pour être de vrais professionnels. Ils avaient toujours été le maillon faible de l'équipe…

Regardant les deux bébés profondément endormis, l'une des rares fois depuis l'enlèvement, Patrick repensa à ses propres enfants. Maria les avait—elle réellement emmenés en Grèce ? Étaient—ils heureux et en sécurité ? Bon sang, il donnerait tout pour les revoir. Chris devait avoir douze ans maintenant, et Matilda quatorze… cela faisait tellement longtemps qu'il ne les avait pas revus qu'il doutait même de la forme de leur visage maintenant. Ils lui manquaient terriblement.

Des insultes s'élevèrent de la pièce d'à côté, ramenant Patrick à sa situation. Leurs amis avaient été tués et le camp avait été dévasté. Chris et Albert pensaient certainement que les parents des enfants avaient tué leurs camarades, mais lui était convaincu que c'était l'homme qui les avait engagés qui avait ordonné ce massacre. Il en était certain… Et c'était avec certitude qu'il pouvait dire qu'ils étaient les prochains sur la liste, à l'instar de ce que pensait Albert. C'était presque d'une évidence même. Pourquoi avait—il accepté ce job alors ? … Pour espérer revoir sa famille uniquement, il le savait. Mais s'offrir un nouveau départ en kidnappant deux nourrissons… Il aurait dû y réfléchir à deux fois, c'était idiot et lâche.

— Idiot et lâche, se reprit—il en se penchant sur le berceau pour saisir les petits doigts du garçon et les caresser.
Soupirant de tristesse, le kidnappeur regarda les deux enfants endormis.

— Voler deux enfants pour revoir les miens, où avais—je la tête… ? Et maintenant je ne vois pas d'autre solution que de vous donner au détraqueur de vos parents, quel qu'il soit…
Patrick se redressa et regarda vers la fenêtre. Que pouvait—il faire d'autre ? Il n'avait de toute façon aucun moyen de retrouver les deux parents, et quoi qu'il puisse tenter, il se ferait tuer s'il n'accomplissait pas le boulot. À moins que lorsque la transaction soit finie, il ne tente d'obtenir des informations pour aider leurs parents à les retrouver ? Mais c'était risqué, et si cela se savait, lui et sa famille se feraient tuer. Il était dans une impasse. Que faire ?
Passant sa main sur sa bouche, perplexe, il ne sut que faire. C'était son ticket de sortie, mais malgré ses erreurs et son passé, briser une famille pour récupérer la sienne, et surtout vivre avec… il ne savait pas s'il y arriverait.

XIX

— J'arrive ! s'exclama Adélaïde.

Descendant les escaliers, elle se précipita vers la porte d'entrée. L'insistance avec laquelle l'inconnu appuyait sur la sonnette signifiait clairement une urgence, et cela l'affola. Tournant la clé d'un geste vif, elle ouvrit la porte à la volée.

— Corie ? demanda—t—elle surprise en reconnaissant la demoiselle.

— Bonjour madame ! s'exclama paniquée la secrétaire de Phileas.

— Qu'est—ce que vous faites ici ?

— Lena m'a demandé de venir ici sur ordre de votre mari, avec ces dossiers !

La jeune blonde tendit à Adélaïde des dossiers papier et entra sans en demander l'autorisation.

— Cela semblait important ! fit—elle.

Les feuilletant rapidement, la directrice du *Service* comprit de quoi il s'agissait. C'était une documentation complète sur les membres du conseil d'administration de *Global Advanced Technology*.

— Mais pourquoi Phileas… ?

Adélaïde ne se posa pas de questions. Elle referma la porte en la claquant, monta rapidement à l'étage suivie par une Corie affolée, et se précipita dans le bureau de son époux. Avec stupeur, elle le vit alors debout derrière son bureau, discutant avec ses administrateurs tous au complet sur l'écran géant accroché au mur d'en face.

— Désolée, s'excusa gênée Adélaïde. Je me suis inquiétée…

La jeune femme vit tout de suite au visage de son mari qu'il était assez en colère. Mais ce n'était pas envers elle ni envers son intrusion.

— Ce n'est rien, lui répondit Phileas.

— *« Pardon Valentin ? Ce n'est rien ? »*, fit désagréablement un des hommes assis à la table de l'autre côté de l'écran, visiblement impatient d'en finir rapidement : *« Je ne vois pas pourquoi votre femme devrait être là. »*

Phileas tourna la tête vers l'écran et regarda l'administrateur d'un œil noir.

— C'est ma femme, elle a le droit d'être là. Point.

— *« Bien, alors reprenons »*, s'exclama sèchement le gras homme, mauvais.

Phileas fit signe à Adélaïde et Corie d'entrer, de refermer derrière elles, et reprit part au fil de la discussion.

— *« Valentin, si nous avons voulu cet entretien avec vous, c'est parce que nous avons des questions en suspens, des interrogations, des doutes... »*, annonça un autre administrateur, plus âgé mais surtout visiblement plus gentil.

Phileas regarda la vingtaine d'hommes, tous bien habillés. Il était passablement irrité, cela se sentait.

— Non, vous voulez que je vous rende des comptes par crainte pour vos portefeuilles.

— *« Nous avons des actionnaires qui ne sont pas contents ! »* vociféra le gros personnage.

— Et surtout vous, et je m'en fous royalement Himes !
s'emporta Phileas. Vous ne pensez qu'à votre gros cul et
qu'à vos copains !

— *« Vous avez des comptes à rendre Valentin ! »*, reprit
plus poliment un troisième homme.

— J'ai créé cette entreprise, c'est la mienne, j'en fais ce
que je veux.

— *« G.A.T. est en bourse ! Vous n'avez pas à agir comme
bon vous semble, s'époumona Himes. Pourquoi perdons—
nous des millions dans des projets qu'on ne vend pas à
l'armée ? Pourquoi œuvrons—nous dans le caritatif ?
Pourquoi versons—nous une part de nos bénéfices dans des
charités ? Cet argent ne vous appartient pas ! Cette
entreprise ne vous appartient pas ! Sans compter que vous
n'apportez rien à G.A.T. ! »*

— *« Valentin, comprenez bien que ce n'est pas contre
vous »*, reprit un autre homme, *« mais ce genre d'actions ne
plaisent pas aux actionnaires, et ne nous plaisent pas non
plus. Et si vous continuez à agir ainsi, nous serons obligés
de vous congédier, parenté ou non. »*

Phileas baissa les yeux et serra les poings. Adélaïde et Corie
s'effrayèrent. Son conseil d'administration voulait—il le
destituer de son rôle de PDG ? Et s'ils y arrivaient ? Bon
Dieu, cela mettrait en difficulté le *Service*. Tout ce qu'ils
avaient par sa société, technologie, armement, logiciels…
S'ils devaient se passer des ressources passées sous le
manteau par *G.A.T*, ils seraient dans la panade… et ils
n'avaient pas besoin de ça, surtout maintenant. Pas alors
qu'ils devaient avoir toutes les cartes en main pour
retrouver les enfants. Adélaïde mit une main devant la
bouche, effarée, comprenant parfaitement toutes les
implications que suggérerait ce licenciement.

Elle tremblait, effarée, lorsque Phileas la regarda et lui fit comprendre qu'il désirait les dossiers qu'elle avait en main. Se ressaisissant, elle les lui apporta donc calmement, regarda vers l'écran les détraqueurs de son mari, puis se retira sur le côté de la pièce. Pitié, non, pensa—t—elle.

— « *Qu'est—ce que c'est ? »,* demanda un des membres du conseil.

Phileas ne répondit pas. Il ouvrit simplement le dossier. Inspirant calmement, il ferma ensuite les yeux durant quelques secondes avant de les rouvrir, à la fois satisfait et mécontent d'en arriver là. Attestant de son génie, il prit alors la parole.

— Je dispose de soixante—trois pour cent des actions de *G.A.T.* ce qui fait de moi son actionnaire majoritaire, annonça—t—il en tapotant du tranchant des dossiers sur son bureau. Si j'ai fait entrer l'entreprise en bourse ce n'est que pour m'assurer un meilleur marché ni non plus pour distribuer mon pouvoir. Je fais donc ce que je veux des bénéfices de l'entreprise, car elle m'appartient, et ce depuis que je l'ai créée. En réalité ce conseil d'administration n'est là que pour la bonne forme légale. Je dirige cette entreprise à travers mes hommes de confiance parmi vous et parmi les employés et...

— « *C'est intolérable ! »,* s'exclama Himes en tapant du poing sur la table.

— Je n'ai pas fini, s'impatienta Phileas en levant la main. Himes se tut mais fulmina.

— Ma fortune personnelle s'élève actuellement à encore huit—milliards—six—cent—millions—trois—cent—cinquante—sept—mille euros. Autrement dit, vous ne disposerez jamais des moyens de me mettre à genoux, reprit Phileas. Ce que vous n'avez jamais compris d'ailleurs mon cher Himes, c'est que vous ne pourrez jamais tirer parti ou avantage de mon entreprise pour votre compte personnel ou celui de vos actionnaires. Je suis trop influent, trop intelligent et surtout trop malin pour vous. Malgré les apparences, que vous soyez pour ou contre, je possède cette entreprise ! C'est la mienne de la brique la plus enfouie dans les fondations du bâtiment principal jusqu'au moindre cent dans votre poche. Alors on va couper court à cette conversation en deux temps. Le premier, c'est un ordre, vous allez faire comme si vous ne saviez pas que nous perdons des millions chaque année en investissements technologiques et militaires qu'on stocke sans s'en servir dans les sous—sols de l'entreprise. Vous n'y mettrez même jamais les pieds parce que vous faites pleinement confiance à nos employés. Ensuite, vous accepterez l'idée que quelques dix à treize millions d'euros sont redonnés à chaque fin de bilan sur les bénéfices nets de l'entreprise à des œuvres de charité. Vous continuerez même à vous rendre à ces œuvres de charité pour montrer au monde que vous n'êtes pas les chiens assoiffés d'argent que vous êtes réellement.

— *« Et le second point ? »*, demanda un homme impassible, qui visiblement avait accepté avec indifférence ce coup de force au sein du conseil dirigeant.

— Le second point ? reprit Phileas.

L'homme du club regarda le dossier qu'il avait en main et le feuilleta.

— Le second point c'est que si cela ne continue pas ainsi, je révélerai certaines choses sur vous. Par exemple, Himes, je doute que votre femme aimerait recevoir les photos de vous et de ces charmantes jeunes Chinoises de la Nouvelle Orléans.

— « *Quoi ? Comment… ?* »

— Ne vous posez pas la question du comment, mais du « *et s'il le faisait ?* », le coupa Phileas. Monsieur Girich, quant à vous, sachez que vos délires SM feraient très mauvais genre dans votre cercle d'amis, de même Gumble, pour entretenir votre ravissante épouse mieux vaudrait qu'on ne vous jette pas dehors…

Himes et les deux nommés ne rétorquèrent pas. Ils baissèrent la tête, et la seule action faite de la part d'un des autres membres du conseil fut un verre d'eau porté à la bouche. Lena, la seconde assistante de Phileas entra alors dans la pièce où siégeaient la vingtaine d'hommes et se dirigea vers eux. Elle déposa sans un mot un dossier devant chacun.

— Mon autre assistante va vous montrer que je ne plaisante pas… Photos et enregistrements à l'appui, pour chacun d'entre vous… Merci donc de ne plus m'embêter.

Phileas regarda les membres les plus honnêtes et qui lui étaient les plus fidèles ouvrir d'un œil mitigé le dossier posé devant eux. Même eux étaient conscients qu'il ne fallait pas tenter de lui couper l'herbe sous le pied, et c'était parfait. Certain dorénavant que tous se montreraient déterminés à le laisser agir selon ses propres objectifs, il coupa la communication. Heureux que cela soit fini, il se tourna alors vers son assistante et sa femme, et soupira.

— Bon sang qu'est—ce qu'ils me font…

Adélaïde et Corie le regardèrent avec surprise.

Qu'est—ce que… ?

— Le conseil d'administration de *G.A.T.* voulait vous évincer ? demanda Corie.

— Oui, car ma gestion de l'entreprise « *fait perdre beaucoup trop d'argent et est un signe de faiblesse* ». Je t'en foutrai de la faiblesse moi…

— Ils ne veulent pas de ta vision philanthropique des choses ? sourit timidement Adélaïde, soulagée.

— Entre autres… enfin bon.

Phileas s'approcha d'Adélaïde et l'embrassa avec passion, puis regarda Corie.

— Merci pour les dossiers. Je n'étais pas sûr que Lena arrive à temps.

— Il n'y a pas de quoi. Je dois avouer que j'ai eu peur que ce ne soit plus grave…

Phileas lui sourit.

— Non, ne vous en faites pas. Mais j'admets que si je n'avais pas envisagé qu'ils pourraient vouloir m'évincer, on aurait eu des soucis.

Corie sourit à cette constatation, mais Phileas remarqua tout de suite du malaise dans ses yeux.

— Qu'est—ce qu'il y a ? demanda—t—il.

— Je… madame, votre mère a appelé, annonça Corie.

La jeune femme, qui n'aurait pas su comment aborder le sujet s'il n'avait pas décelé son embarras, regarda sa supérieure avec gêne.

— Elle désire de vos nouvelles et s'inquiète.

Le cœur d'Adélaïde battit à tout rompre.

— Est—ce que quelqu'un lui a dit ? paniqua—t—elle.

— Non, non, elle ne sait toujours pas… ne vous en faites pas.

Adélaïde soupira de soulagement, rassurée. Elle devina le « *vous devriez quand même le lui dire un jour* » dans l'attitude de la demoiselle, mais elle fit comme si de rien n'était. Elle préféra changer de sujet.

— Et Billy ? interrogea—t—elle.

Corie croisa les bras, un peu plus mal à l'aise encore.

— Votre assistant voit le psychologue tous les jours depuis Margate. Mais il n'est pas revenu travailler.

Adélaïde baissa les yeux. C'était normal qu'il ne veuille pas revenir après ce qui s'était passé.

— Je comprends…

— Qu'y a—t—il d'autre ? demanda alors Phileas.

— Je… le psy veut vous voir tous les deux… pour parler de votre comportement et de votre façon d'encaisser les coups.

Adélaïde fronça les sourcils.

— Cela sonne comme un reproche, s'exclama—t—elle.

— Je ne sais pas, il ne m'a rien dit, répondit Corie, mais il souhaiterait s'entretenir avec vous. Après Margate il a tenu à parler avec tout le monde et a été déçu que vous ne soyez pas venue le voir. Billy est touché directement par l'échec de la mission, mais vous deux vous êtes…

— Touchés indirectement par l'échec, car on n'a plus de piste sur nos enfants ?

— Oui monsieur, confirma Corie. Il était très déçu de votre absence à son cabinet… mais après avoir parlé avec Bella c'était pire, il a dit avec colère qu'il souhaitait vous parler madame, quel que soit votre poste.

— Je… fit Adélaïde. Pourquoi ? Il veut me voir quand ?

Phileas se décolla de sa compagne et se dirigea vers la fenêtre. Il passa sa main sur sa bouche, dubitatif. S'il voulait la voir, c'était par rapport à son attitude désinvolte et Adélaïde devait aussi s'en douter…

— Dès que possible, tout de suite il aimerait, reprit Corie après quelques secondes de silence à regarder ce qu'il faisait.

— Il faut que tu y ailles Adélaïde, parla Phileas.

— Je…

Adélaïde était perdue. Elle était sur une corde raide. Elle était leur cheffe à tous, mais elle était toujours une jeune femme, avec ses doutes, son incertitude et ses défauts. Obtenir l'équilibre entre les deux était difficile, se montrer dure et sérieuse, rassurante et impartiale. Il était ardu de le concilier avec ses déboires personnels. Et si le docteur Martin voulait la voir, c'était parce qu'il estimait qu'elle avait basculé… Et avoir un rapport homosexuel avec une de ses agentes sur le terrain… c'était une sacrée chute.

— Bien… je vais y aller, je dois lui parler de toute façon, avoua—t—elle déçue, consciente de son échec personnel.

Phileas regarda sa femme, puis se tourna vers Corie.

— Allez—y avec elle, je vous appellerai si j'ai besoin de vous.

— Bien monsieur.

Les deux femmes partirent, et Phileas resta seul dans son bureau. Était—ce une impression ou tout foutait le camp ?

XX

— Wanda, tu veux bien descendre ? demanda Phileas.

— J'arrive ! s'écria la jeune femme.

L'homme du club retourna vers la cuisine, s'installa en face de son chocolat liégeois, et dégusta la chantilly avant de s'attaquer à la boisson. La jeune Italienne descendit alors quatre à quatre les marches de l'escalier et déboulant au rez—de—chaussée, le rejoignit dans la cuisine.

— Tu voulais me parler ? s'exclama—t—elle.

— Oui, assieds—toi, répondit Phileas.

Wanda s'exécuta et s'installa en face de lui. Il lui avait préparé un chocolat liégeois. Elle n'avait pas très soif mais elle commença tout de même à le boire, par courtoisie.

— De quoi veux—tu me parler ? demanda—t—elle alors.

— Il est temps de se parler à cœur ouvert, tu ne crois pas ? Wanda regarda son père dans les yeux, gênée. Tous les sujets qu'elle désirait ne pas aborder… seraient abordés. Mais il était temps en effet qu'ils se parlent entre adultes.

— Oui, tu as raison, acquiesça—t—elle.

— Tout d'abord, je suis désolé qu'on n'ait pas trop pu se voir ces derniers temps… Je sais que cela a aussi été éprouvant pour toi, cette… perte…

— Pas grave papa, déclara Wanda non sans une pointe de tristesse dans la voix. Je sais parfaitement que vous n'êtes pas à la maison parce que vous remuez ciel et terre pour essayer de les retrouver. C'est un peu dur d'être ici toute seule, mais je comprends parfaitement.

Phileas esquissa un sourire à sa fille. Il était soulagé qu'elle accepte son absence de la sorte, mais il redevint néanmoins rapidement sérieux et montrant un peu de son malaise, se lança alors.

— Bien. Je n'irai pas par quatre chemins, lâcha—t—il, Adélaïde m'a répété ce que tu lui avais dit, et contrairement à ce que tu penses, je suis bien ton père.

— Quoi… ? fit étonnée Wanda.

— J'ai fait personnellement les tests, et tu es bien ma fille Wanda. Le sang que tu as dû voler pour faire ton test appartient au donneur qui m'a transfusé lors de mon séjour à l'hôpital.

Les yeux de la jeune Italienne commencèrent à devenir rouges et se remplirent d'eau.

— Je… non, j'ai pris ton sang lorsque tu t'es coupé il y a deux mois… Il venait de toi, pleura—t—elle.

Phileas se tut. Il avala une autre gorgée de son chocolat puis finalement reprit.

— Mon sang est en grande partie altéré… C'est pourquoi j'ai moi fais les tests à partir de vieilles poches de sang datant d'avant ma tentative de meurtre. Et j'ai refait les tests avec des cellules datant de l'opération, des follicules de ma peau, des cellules spermatozoïdes… crois—moi, tu es bien ma fille.

Phileas tendit la main à travers la table. Wanda ravala son sanglot, et soulagée, les larmes aux yeux, l'attrapa. Elle souriait parmi les pleurs, elle était heureuse.

— Je… je… commença—t—elle à parler, reconnaissante. Merci papa.

— De rien ma chérie. Quand Adélaïde m'a annoncé ça, j'ai compris pourquoi tu étais si distante ces derniers temps… et je ne voulais pas que tu croies ça plus longtemps encore.

Mais si tu étais venue m'en parler je t'aurais tout de suite rassurée…

— Oui, je sais. Mais j'avais peur d'accepter cette vérité en en parlant avec toi, avoua la jeune Italienne.

— Et bien tu vois, en parler aurait dispersé les malentendus.

— Oui, tu as raison, rigola Wanda en s'essuyant les yeux du revers de la main. Mais ce n'est pas évident.

— Et sache que même si tu n'avais pas été pas ma fille biologique, je t'aurais aimée comme telle.

Phileas termina sa boisson chaude, et regardant sa fille dans les yeux, décida d'aborder le second sujet.

— Bien, maintenant, il faut qu'on parle d'autre chose.

— Oui ?

— Il y a quelques années, j'ai lu ton journal intime, et j'ai découvert certaines choses, sur ta sexualité.

Phileas s'arrêta volontairement là pour laisser à sa fille le temps de réfléchir à propos de ce dont il voulait parler. Ce fut presque instantané. Ses joues se colorèrent pour passer d'une couleur chair claire à un rouge vif, et son sang ne sembla faire qu'un tour.

— Papa, je…

— Oui ? fit Phileas.

— Je…

La jeune fille baissa finalement la tête. Elle ne savait pas quoi dire, honteuse.

— Ce n'est pas un crime Wanda. Au—delà du syndrome œdipien…

— Papa ! le coupa—t—elle net. Je n'ai pas trop envie de parler de ça ! C'est une partie de ma vie que je préférerais oublier !

— Tu as eu des envies, c'est normal…

— Mais ce n'est pas normal, tu es mon père !

— Mais tu n'en étais pas sûre. Quand une idée germe dans un esprit, cela peut aller loin…

— Papa, je comprends que tu veuilles en discuter, mais cela me gêne.

Wanda prit sa tasse de chocolat et la vida d'une traite. Elle s'enfonça ensuite dans sa chaise.

— Quand as—tu compris que c'était mal ? demanda Phileas.

— Papa…

— Désolé mais on doit en parler.

— Papa !

— Wanda… quand ?

La jeune femme croisa les bras, regarda ailleurs et fit la moue.

— Cela ne marche pas avec moi, jeune fille, rétorqua Phileas.

— C'est comme quand tu voulais parler de sexe devant Jarod papa, tu empiètes sur ma vie privée.

— Je te signale que tu l'as fait pendant des années quand tu t'arrangeais pour que les filles avec qui je sortais me fuient comme la peste.

Wanda baissa les yeux.

— Je suis désolée pour ça, fit—elle sincère, sans toutefois rien ajouter de plus.

Phileas joua avec sa tasse sans un mot et attendit qu'elle se décide à parler. Il avait le temps d'attendre.

— Papa… ce n'est pas évident pour moi… Tu m'as appris à être comme tu aurais aimé que je sois, mais je suis différente.

— Je t'ai appris à être juste et honnête, le reste c'est toi, répondit Phileas. Et je te demande juste d'être honnête avec moi, là, maintenant.

— Papa…

— J'ai eu des envies moi aussi, révéla—t—il alors pour qu'elle se décide à lui parler. Lorsque j'ai été drogué, j'ai cru qu'on couchait ensemble, et lorsque j'ai été sonné, je ne suis pas sûr mais dans mon délire je crois que cela s'est fait aussi.

— Ouais, tu as été drogué et tu l'as rêvé inconsciemment, moi c'était consciemment et cela me répugne.

— Je suis d'accord mais j'aimerais qu'on en parle une bonne fois pour toutes.

— Mais pourquoi veux—tu en parler papa ? Tu ne peux pas faire comme tous les autres pères et faire comme si cela ne s'abordait pas comme sujet ?

— Les autres pères n'ont pas un métier qui fait que leur fille les idéalise de la sorte.

— Papa, tu me manquais, tu étais absent et je découvrais ma sexualité ! J'ai fait un amalgame de l'homme idéal avec le père idéal. Parce que j'avais besoin de toi.

— Et je m'excuse pour mes absences.

— On en a déjà parlé, et tu sais tout ça, pourquoi veux—tu en reparler alors ? s'exclama Wanda.

— Pour être sûr que tu n'en auras plus honte par la suite, et surtout que tu n'y penses plus.

Wanda secoua la tête.

    C'est là que j'ai honte papa. Et que je suis mal à l'aise ! Et rassure—toi, c'est fini, je suis même allé voir un psy.

— Et ?

Wanda mit ses avant—bras sur la table et posa sa tête dessus.

— Syndrome œdipien et idéalisation de la figure paternelle pour compenser le manque affectif, le manque de repères parentaux, et l'absence d'une mère, souffla—t—elle.

— Je vois… j'y suis pour beaucoup n'est—ce pas ? fit Phileas, déçu.

— Non… dans ces situations en général les autres filles se font percées, tatouées ou se droguent et couchent avec un tas de mecs pour attirer l'attention de leur père. Moi je voulais coucher avec toi pour que tu t'intéresses à moi… Parce que j'avais peur que tu ne m'aimes pas.

— Même si je n'étais pas beaucoup là… je t'ai toujours aimée Wanda, annonça sincèrement Phileas.

— Je le sais maintenant. Mais quand j'avais seize ans, je pensais que tu ne voulais pas d'une fille mais d'une copine.

Phileas expira… il aurait dû se montrer plus attentif envers elle. Il fut si… négligent.

— En tout cas, sache que si tu n'avais pas été ma fille, tu aurais eu tes chances.

— Papa, j'ai assez honte comme ça…

Phileas sourit et porta par réflexe sa tasse à la bouche.

— Cela se voyait tant que ça ? demanda alors Wanda, curieuse.

— Un peu oui.

— Mais tu savais tout ça n'est—ce pas ? Tu t'en doutais, s'exclama Wanda. De pourquoi je faisais ça ?

— Oui, je m'y connais en psychologie, répondit Phileas. Et je sais lire dans le comportement des gens…

— Tu m'étonnes, rien qu'en me regardant dans les yeux tu avais deviné que je t'avais volé cinq—cents euros dans ton portefeuille.

— Pourquoi tu les avais pris au fait ? demanda Phileas.

— Pour me faire tatouer.

— Ah… je vois.

Phileas sourit, et Wanda ne put s'empêcher d'en faire de même.

— Tu vois, en parler ce n'était pas si dur.

— Mouais… mais j'aimerais vraiment oublier cette partie de ma vie. J'en ai trop honte.

— Bah, on fait tous des erreurs de parcours. L'important c'est de s'en rendre compte et de ne pas les répéter.

Phileas se leva et s'étira.

— Je te laisse, je vais courir un peu et promener le chien…

Adélaïde inspira un grand coup et se décida à toquer à la porte. Toujours réticente d'être là, elle attendit une réponse quand au bout de quelques instants une voix rauque annonça qu'elle pouvait entrer. La jeune femme passa alors une mèche rebelle derrière son oreille et réajusta son chemisier et son tailleur. Entrant ensuite à l'intérieur du cabinet en refermant derrière elle, elle se dirigea vers le bureau. Le docteur Martin y était assis le nez dans un dossier, absorbé dans sa lecture. Mais à son approche il releva rapidement la tête vers elle.

— Ah, madame, vous daignez enfin venir à mon cabinet, s'exclama—t—il.

Adélaïde ne répondit pas. Elle s'installa simplement sur le fauteuil réservé aux patients de l'autre côté du bureau et lui fit face.

— Savez—vous pourquoi je voulais vous voir ? demanda tout en joignant ses mains Martin pour ne pas perdre de temps.

— J'en ai une vague idée oui, répondit cassante Adélaïde.

— Le dédain, je vois… Écoutez madame, vous n'êtes pas comme votre époux, je sais pertinemment que vous n'êtes pas capable d'encaisser comme lui, rétorqua le docteur par—dessus ses lunettes en se grattant un instant la barbe.

— Je vous demande pardon ? demanda outrée la jeune femme.

— Vous m'avez très bien entendu, et vous montrer sévère ne changera rien.

— Écoutez, si je suis venue ici c'est pour vous dire que je ne veux pas…

— Si vous ne concédez pas à me parler, je vous ferai mettre aux arrêts madame, la coupa rapidement le docteur en s'enfonçant dans son fauteuil, ferme.

— Pardon ?

— J'en ai le droit Adélaïde, cela fait partie de mes prérogatives. Si j'estime que vous êtes mentalement fragile ou émotionnellement instable, je le ferai, même si vous êtes la directrice du *Service*. Et comme vous refusez de me voir…

Le docteur Martin ne termina volontairement pas sa phrase pour qu'elle prenne le temps d'y réfléchir. Mais la jeune femme avait très bien compris et le regardant dans les yeux, l'affronta du regard. Cependant Adélaïde savait qu'il la dominait, et si elle ne concédait pas à plier…

— Et Phileas ? demanda—t—elle.

— Je sais comment fonctionne votre mari, je sais qu'il n'a pas besoin de parler.

Adélaïde baissa les yeux… elle se décida à se lever et s'installa sur le divan non loin. Le docteur Martin se leva alors à son tour et s'installa sur le fauteuil derrière elle, un carnet et un stylo en main.

— Que voulez—vous que je vous dise ? l'interrogea—t—elle, acceptant de parler.

— Commencez par me dire ce que vous ressentez madame ?

— Je...

Adélaïde ne savait pas trop quoi dire. Ou plutôt elle ne savait pas quoi dire en premier.

— Je ne sais pas du tout, fit—elle.

— On vous a enlevé vos enfants, débuta alors Martin, commencez par là. Pensez à leurs sourires, pensez à leurs rires, pensez à vos moments passés avec eux, pensez à tout ça et décrivez—moi vos sentiments...

Adélaïde s'étonna de cette façon de faire, mais s'exécuta après quelques instants, et les larmes lui vinrent presque immédiatement aux yeux rien que de repenser aux enfants... et les mots en firent de même. Elle vida son sac.

— Ils me manquent... Je suis perdue... je me sens furieuse et en colère... coupable de ne pas les avoir sauvés. J'ai envie de massacrer leurs ravisseurs, souffla—t—elle au fur et à mesure de ses émotions.

— Bien. Continuez...

— Ce n'est pas évident... j'ai envie de me réveiller et de constater que ce n'est qu'un rêve, mais à chaque fois une voix me dit que c'est bien la réalité, et j'ai peur pour eux... Je me sens responsable de leur enlèvement, avoua—t—elle, sincère.

— Vous n'êtes pas responsable Adélaïde, s'exclama presque immédiatement mais sur un ton calme le docteur Martin. Ni vous ni personne d'autre que les auteurs de ce kidnapping n'êtes responsables de cet acte.

— J'aurais pu l'empêcher, rétorqua la jeune femme les yeux rouges et humides.

— Peut—être, mais cela ne fait pas pour autant de vous la responsable de cet acte. Ces hommes ont leur libre arbitre, ils ont choisi de faire leur vie ainsi, ils ont choisi d'enlever vos enfants. En aucun cas vous ne pouvez être tenue pour responsable de leurs actes. Vous ne devez pas penser ça.

— Mais si nous n'agissions pas comme ça, ils ne l'auraient pas fait, ne put s'empêcher de répondre Adélaïde.

— Vous ne les avez pas forcés à le faire, lui rappela Martin. Vous ne les avez pas enlevés. Ce sont eux et eux seuls qui l'ont fait, de leur propre chef. Ils avaient le choix et ont choisi de le faire. Vous n'y êtes pour rien…

Adélaïde ne répondit pas tout de suite. Elle savait intérieurement qu'il avait raison, mais ce n'était pas pour autant plus facile de vivre sans ses enfants.

— Ce n'est pas facile de vivre avec ça, fit—elle en écho à ses pensées.

— Peut—être, mais ne pensez—vous pas que la première chose à faire serait de l'accepter ? répondit Martin.

— Je n'y arrive pas… C'est trop dur.

Adélaïde s'étonna elle—même de sa propre sincérité. Elle était réticente à parler, elle ne voulait pas se confier à Martin… mais elle se laissait aller avec une telle facilité… c'était étrange… et pourtant cela lui faisait du bien d'en parler ainsi.

— L'accepter ne signifiera pas les abandonner, madame, répondit le docteur Martin. Vivre avec votre perte ne signifie pas que vous voulez arrêter les recherches et abandonner vos enfants. Il s'agit juste d'accepter leur disparition et de vivre avec pour ne pas vous détruire, sans pour autant tirer un trait sur eux.

— Je…

— Et vous pourriez peut—être commencer par le dire à vos parents ? rajouta le docteur.

Adélaïde souffla.

— Je n'ose pas... je n'ose pas les affronter.

— Madame… mon boulot consiste à écouter… mais je m'y connais assez pour savoir que dans votre cas, il faut vous dire quoi faire. Et c'est normal, vous êtes encore jeune, et vous n'avez pas été vraiment préparée à tout ça. Vous manquez d'assurance et de confiance en vous, et je me doute que cette situation n'arrange pas les choses. Mais croyez—moi, il ne faut pas que vous gardiez cela pour vous. Cela vous rongera sinon.

— Je sais, on me le dit tout le temps. Mais je n'ose pas les affronter. Je n'ose pas le leur dire, par peur qu'ils m'en veuillent.

Le docteur Martin souffla, sachant pertinemment que c'était possible, mais voulut se montrer rassurant.

— Ils vous en voudront peut—être, mais ce n'est pas vous la responsable.

— Ils m'en voudront pour ce que j'ai fait de ma vie et pour leur avoir caché la vérité docteur.

Le docteur Martin croisa les jambes et les bras, perplexe.

— C'est normal qu'ils vous en veuillent pour ça… mais c'était aussi normal que vous le leur cachiez, pour ne pas les décevoir et pour ne pas les inquiéter. Vos motifs sont tout aussi valables que les leurs.

— Je croirais entendre mon mari, ricana nerveusement Adélaïde.

— Phileas est dans le vrai pour beaucoup de choses. Il faut voir tout cela avec objectivité.

— Même quand il s'agit de garder ses secrets ?

Le docteur Martin se montra dubitatif.

— Garder ses secrets pour une bonne raison est une bonne raison. Cacher des informations pour une mauvaise raison ne l'est pas, répondit—il.

— Je vois…

Adélaïde regarda le plafond. Cela lui faisait vraiment bizarre d'être ici finalement, car même si elle avait envisagé que cela pouvait se passer ainsi, elle s'attendait plutôt à se montrer désagréable et à ce que cela clash entre eux plutôt qu'à être confortablement installée sur le divan et se sentir aussi soulagée.

— Et coucher avec des filles Adélaïde ? demanda alors le docteur.

— Je… ? fit mal à l'aise la jeune femme.

— On en a déjà parlé Adélaïde. Même si Phileas est conciliant, faire l'amour avec d'autres filles n'est pas la solution.

— Je sais, je sais tout ça… mais j'en ai besoin.

— Vous n'en avez pas besoin. La colère, l'envie de vengeance, ça c'est la réponse logique à votre perte. Coucher avec des filles c'est de la compensation.

— Je sais… mais cela me fait du bien.

— Même en sachant que cela doit faire de la peine à Phileas ? demanda Martin.

— Je n'arrive pas à m'en empêcher… mais je sais que cela lui fait de la peine.

— Et pourquoi Bella ? Vous la détestiez, alors pourquoi vouloir le faire avec elle ?

— Je ne sais pas… c'était impulsif.

— Impulsif ? Coucher avec une de vos employées pour qui vous avez toujours eu de l'animosité ? Vous rendez—vous compte de ce que cela représente ?

— Je suppose que quand elle vous l'a dit cela vous a mis en colère n'est—ce pas ? demanda timidement Adélaïde.

— Oui, car vous impliquez une fille innocente dans votre manège. Comprenez—moi bien, votre bisexualité n'a rien de malsain, mais vous êtes mariée et vous avez fondé une famille. Vous ne pouvez pas continuer à courir ainsi à droite et à gauche. Il faut que vous appreniez à vous contenter de Phileas, au risque d'un jour le perdre sinon.

— Je sais… je sais… pleura Adélaïde.

— Madame, Bella est une fille géniale… l'embarquer dans vos tourments lui ferait du tort, elle n'a pas besoin de ça. Et je suis sûr que vous avez fait cela parce qu'elle a passé une nuit avec Phileas n'est—ce pas ?

Adélaïde ne répondit pas à cette dernière question. Elle n'en avait pas envie et ne voulait pas y réfléchir…

— Mais pourquoi est—ce mal selon vous docteur ? Si cela ne dérange pas Phileas et que cela débouche sur de nouvelles affections ? demanda—t—elle. Pourquoi cela serait—il mal ?

Adélaïde se tue et réfléchit à la vraie question qui trottait dans sa tête à ce propos.

— Pourquoi est—ce que Phileas n'a jamais voulu qu'on le fasse à trois alors qu'on en a tous les deux envie et qu'on a tout un tas de connaissances qui voudraient le faire ?

Le docteur Martin secoua la tête en fermant les yeux.

— Cela il faut le demander à votre mari, pas à moi, répondit—il.

Pourquoi ? Pourquoi d'après vous ? s'exclama Adélaïde en séchant ses larmes.

Le docteur Martin la regarda, pensif.

— Nous nous égarons du sujet.

— Cela fait partie de mes problèmes docteur.

— Non, c'est une question liée à vos problèmes. Pas votre problème.

Adélaïde regarda à nouveau le plafond. C'était vrai... mais cela l'obsédait. Pourquoi ne s'était—il jamais rien passé à trois ? C'était ce qu'elle voulait, et elle savait que cela l'attirait...

— Je vais mieux, fit—elle en se redressant.

— La séance n'est pas finie.

Adélaïde essuya ses yeux et s'assit au bord du divan.

— Je sais ce que j'ai à faire. Il faut que je trouve le courage de le faire c'est tout... Cela viendra.

— Et pour les filles ? demanda Martin.

— J'aime les filles... je suis fidèle à mon mari mais j'aime passer du temps auprès de femmes. Cela ne le gêne pas plus que ça... et je pense savoir pourquoi je continue à faire ça.

— Et pourquoi ? s'intrigua Martin.

— C'est simple, j'aime ça... et je dois avouer que j'aimerais bien qu'il y participe.

— C'est cela ? C'est vraiment ce que vous pensez ? s'étonna le docteur.

Adélaïde baissa la tête au sol, ferma les yeux quelques instants pour faire le vide puis regarda de nouveau le médecin, mais cette fois avec une lumière noire au fond de la pupille. Elle était comme furieuse.

— On m'a enlevé mes enfants... Je veux les retrouver, ils sont tout pour moi... c'est vrai, chaque jour quand je me réveille je pense à eux. Je n'ai jamais été aussi heureuse que depuis que je les ai... En attendant de retrouver les salauds qui les ont kidnappés et de les massacrer, je vais devoir faire sans.

— Et... ?

— D'ici là, je vais continuer à profiter de la vie, pour ne pas la détruire, et cela passe par m'amuser…

Le docteur Martin soupira en baissant la tête. Il lui signifia qu'elle pouvait sortir en lui désignant la porte avec la main. Lorsqu'elle eut quitté son cabinet, il se dirigea déçu vers son bureau. S'installant dans son fauteuil, il ouvrit alors un tiroir où se trouvait un magnétophone, et l'alluma.

— Conformément aux craintes de l'agent Phileas Queneau, la patiente développe un dédoublement de la personnalité. La jeune fille nommée Méphala, double libertine et noire d'Adélaïde qui se manifestait lorsqu'elle était Reine au Club des Damnés reprend peu à peu le dessus sur la personnalité jusqu'alors dominante. Je pense que cette dissociation s'est faite à la base pour refouler ses envies primaires telles que le sexe ou le besoin de vengeance. Il faut bien comprendre que toutes les pulsions impulsives et autodestructrices pour elle de la directrice ont été refrénées, car considérées immorales, ce qui explique cette séparation entitaire… le néologisme étant la seule chose me venant à l'esprit pour le décrire actuellement. La dominance de la personnalité Adélaïde fut ainsi maintenue jusqu'à présent grâce à son bonheur et un mode de vie juste… Mais l'enlèvement de ses enfants fait que pour se protéger de sa peine elle se laisse peu à peu submerger par cette version d'elle plus résistante, mais malheureusement plus sournoise, directe et violente, et surtout beaucoup plus attirée par le désir de chair. Adélaïde Sureau en somme est en train de faire place à Méphala. D'après mes observations et celles de son mari, le seul moyen pour qu'elle fasse la paix avec elle—même et que ses deux personnalités ne redeviennent qu'une seule et même personne, est de pouvoir lui rendre ce qui lui a été pris et de lui offrir ce qu'elle désire au fond d'elle.

Le docteur Martin s'enfonça plus dans son siège et souffla, avant de reprendre :

— Le caractère de Méphala n'est pas l'exact opposé de celui d'Adélaïde. Méphala est différente mais nullement mauvaise. Elle est plus forte mentalement, elle a plus de caractère... elle serait une version d'Adélaïde nettement meilleure si elle n'était pas malicieuse par nature, et parfois machiavélique. Je pense malheureusement qu'elle serait capable d'être sadique face à un ennemi. C'est pour cela qu'il est impératif de la laisser libre de ses actes. Au—delà du fait qu'Adélaïde ne se doute probablement pas de cette personnification de ses déviances, qui pourrait réellement s'aggraver jusqu'à devenir une schizophrénie, il faut lui laisser faire ce qu'elle veut. Si l'une ou l'autre se sentait brimée ou emprisonnée, voire abandonnée, qu'elle perdait tous ses repères, cela pourrait leur être fatal à toutes les deux. Phileas est la seule vraie donnée, maintenant que leurs enfants ne sont plus à ses côtés, qui fait qu'elles gardent le courage de rester en vie et de se battre. Car même si elle est la perversion d'Adélaïde par ses vices, et qu'elle en est aussi un moyen d'autodéfense, Méphala a les mêmes ressentis par rapport à l'enlèvement. Cela l'attriste... Elle est juste plus forte et plus malicieuse pour tenir le coup... En d'autres termes, il faut considérer Adélaïde comme apte à travailler pour son bien—être. Méphala est une défense perverse, mais une défense, et elle disparaîtra lorsqu'Adélaïde sera rassurée et retrouvera ce qu'elle a perdu. Lorsqu'elle retrouvera ses enfants, elle redeviendra elle—même. Ensuite, pour que Méphala ne devienne plus dangereuse pour elle il faut assouvir dans la limite du raisonnable ses vices… les femmes, le trio… Je pense que c'est ce qui fait qu'Adélaïde se sentira mieux avec elle—même. C'est malheureux à dire mais cette dissociation n'est qu'une défense. Tomber amoureuse dans un monde de luxure et devoir garder des secrets envers sa famille, découvrir les enjeux du *Service*, ôter la vie de trois hommes à ce jour… tous ces événements ont fait que le pseudonyme du club que portait Adélaïde est devenu une personnalité pour ainsi dire à part entière… Et que pour l'annihiler et les fusionner il va falloir qu'elle accepte la vérité. Qu'elle le dise à ses parents, qu'elle et Phileas assouvissent ses pulsions, et surtout qu'elle retrouve ses enfants et se venge…

XXI

La tête sous la capuche de son sweat, l'inconnu enfonça son poing dans la figure de l'individu et le fit ensuite valser vers deux de ses acolytes. Saisissant le poignet brandissant un couteau à son encontre, il le tordit alors et frappa son agresseur à la tête d'un coup à la mâchoire. Il pleuvait dehors, et la nuit était sale et brumeuse. Les volets aux lattes de bois aussi écartées que pouvaient l'être les trous d'une passoire laissaient passer la froideur du temps, qui glaçait les entrailles. C'était une nuit terrifiante, hantée par un spectre blanchâtre et gelé qui frigorifiait tout le monde sous le bruit assourdissant du fracas de l'eau sur les toits de la ville. Mais l'inconnu ne s'en souciait guère. Une arme prolongeant un bras nu sortit de derrière une ombre. Il évita de justesse la balle et se précipita sur le tireur. Ce n'était encore que le début de sa quête. Bien avant qu'il ne refonde le Service, bien avant qu'il ne se batte avec un costume trois—pièces et une arme munie d'un silencieux. C'était à une époque où il aimait encore se battre avec ses poings, fracassant de ses chaussures de sécurité les côtes de ses ennemis ou donnant de puissants coups sans que l'on puisse voir son visage. C'était trois ans avant qu'il ne réunisse ces hommes et femmes autour d'un idéal, quelques mois à peine avant que sa fille ne naisse. C'était la première fois qu'il se battait vraiment... il n'avait même pas seize ans. Jeune et impétueux, déjà aguerri aux formes de combats et doué d'une intelligence insolente, il sortait la nuit pour malmener des malfrats. En suivant une affaire, il avait ainsi remonté la piste de ces esclavagistes et les avait suivis ici, dans un appartement délabré d'un quartier malfamé de Hong Kong. Ils étaient arrogants et très mal organisés. Des petits rigolos qui avaient de grandes prétentions... L'inconnu maîtrisa sans problèmes la dizaine d'hommes maigrichons. Il s'était entraîné pour. Même le couteau planté dans son épaule ne fut selon lui pas un souci. Il l'arracha et le jeta au sol. Une bonne chose de faite... Regardant tout autour de lui, il chercha alors son désir de justice assouvi l'origine de cette odeur. Une odeur étrange, un parfum de fleur mélangé à du soufre et du carbone... Les sens en alerte, habité par la fougue de la jeunesse, il chercha dans l'appartement quelle pouvait en être la cause, lorsqu'il passa devant un miroir... Se regardant à l'intérieur, il s'horrifia un instant. La magie... Son reflet était déformé, transformé en une version de lui bougeant indépendamment, tentant frénétiquement de sortir, hideusement démoniaque et silencieuse... L'individu connaissait la magie, il savait laquelle craindre et laquelle était comme ces hommes, du flan. Frappant du poing il cassa le miroir, et là où il aurait dû percuter le mur, fracassant ses phalanges, il trouva le vide d'une pièce cachée. Enjambant les éclats il pénétra à l'intérieur et découvrit pourquoi l'odeur de sainteté était en train de brûler. Sur le matelas troué par les rats gisait une femme à la peau laiteuse et à la beauté divine. Ligotée des pieds à la tête par du fil barbelé elle était incapable de bouger sans souffrir et s'entailler... Attrapant une tenaille qu'il vit presque immédiatement au sol, il coupa le fil et la libéra. C'est alors qu'il vit ce qui la rendait si divine, c'est alors qu'il vit pourquoi l'odeur de sainteté était entachée par ces ronces de fer... De son dos sortait une aile, une seule et unique aile, jaillissant de son omoplate droite. L'individu resta bouche bée alors que la femme reprenait son souffle, soulagée d'être libre, en voyant son aile parcourue d'une nouvelle vie, d'un élan respiratoire. Entièrement étoffée de plumes blanches, elle était tout aussi vivante que la femme, et elle semblait faire partie d'elle tout autant que ses jambes et ses bras, réagissant par des mouvements à ses inspirations et sa soif de liberté... mais la femme était à bout, épuisée par le métal et la douleur. L'inconnu la prit alors dans ses bras et la sortit de cette cellule de cauchemar sordide. L'emmenant au—dehors, sentant au contact de sa peau sa chair de poule due à l'air glacial et la pluie givrante, il fut parcouru lui aussi d'un frisson. La première sensation qu'ils partagèrent ensemble. Un frisson qui passa de la créature ailée à lui... l'inconnu l'amena dans son repère sombre et lugubre et l'habilla avec sa veste et ses vêtements, dissimulant son attrait divin. Il la conduisit alors jusqu'à son hôtel, et là, dans sa suite luxuriante, il lui fit couler un bain chaud et la plongea à l'intérieur. Lui apportant ensuite les fruits les plus dénués de produits humains, il les lui fit manger... Ornée d'une chevelure montante en une coiffure en pouf ramenée vers l'arrière elle posa alors ses yeux sur lui pour la première fois. L'individu s'était douté que lui faire goûter la chair ou encore des produits de conception humaine ne pouvait lui faire que plus de mal qu'elle n'en souffrait déjà. Il était tombé sur une créature divine, il devait respecter la divinité même s'il n'y croyait pas. C'était un respect sans faille et pur... Et soulagé de voir que cela lui faisait du bien, il se laissa ainsi aller, rassuré, à la contempler, croisant alors ses yeux. D'un bleu clair stupéfiant, ils étaient en amende et donnaient l'impression de regarder les nuages filer dans le ciel... Elle était somptueuse. Sa chevelure d'un blond clair se confondait presque avec sa peau laiteuse, ses lèvres fines et d'un rose pâle semblaient aussi douces que les pétales d'une rose fraiche, et le grain de sa peau... il était plus doux que la fourrure d'un chaton. Au fur et à mesure qu'elle reprit des forces et que ses blessures se refermèrent, elle se rapprocha de sa condition d'homme. Sa peau se colora un peu, son aile s'agita, satisfaite d'être libre, et un sourire suivi d'un merci sans son parcourut ses lèvres. Reconnaissante envers son bienfaiteur, elle passa ensuite sa main derrière sa nuque, lui caressa les cheveux affectueusement et se leva. L'inconnu, quoiqu'un instant déboussolé par sa nudité, qu'il remarqua pour la première fois depuis qu'il l'avait rencontrée, lui offrit alors une tenue. Saisissant deux draps en soie aussi blancs que la neige, s'assurant de sa confiance, il lui fit une jupe en pliant en triangle le premier, dont il noua le côté le plus long autour de sa taille, et pliant en son milieu le second, lui noua autour du cou, le fit descendre sur sa poitrine pour enfin le renouer dans le bas de son dos... Le reste, il ne s'en souvient plus. Il s'était réveillé dans son lit, incertain. Ce n'était pas un rêve, mais il n'avait plus aucun souvenir postérieur à celui—ci. Il avait la conviction qu'il savait qu'elle avait toujours été sur terre, sans savoir qui elle était vraiment, mais qu'elle était de nature céleste. Replongeant dans ses draps pour se rendormir, il se demanda si elle avait disparu dans un éclat de lumière rayonnante et divine, heureuse d'être de nouveau libre, ou si d'abord elle l'avait remercié en lui offrant dans un acte de reconnaissance

éternel le seul remerciement sincère qu'elle aurait pu lui donner, elle qui ne possédait rien de matériel.
Mais Phileas oublia tout ça.

XXII

Adélaïde jeta ses clés dans le panier prévu à cet effet et enlevant son manteau, l'accrocha au portemanteau avant de refermer derrière elle. Lorsqu'elle avait quitté le docteur Martin, elle était allée marcher en ville pour se changer les idées. Cela lui avait fait du bien, elle n'avait pas vu le temps passer, mais maintenant près de deux heures plus tard elle avait soif. Se rendant donc dans la cuisine, elle saisit un verre, le remplit de jus d'orange, et le descendit d'une traite. S'en reservant un, elle l'avala alors tout aussi rapidement, pour enfin rassasiée passer dans le salon.

— Qu'est—ce que… ? s'exclama—t—elle.

S'arrêtant sur place, elle s'étonna de voir que Phileas avait placé tous les meubles contre les murs.

— Je fais de la place, répondit celui—ci.

— Pourquoi ? demanda—t—elle, étonnée d'un tel chamboulement.

— Enlève tes chaussures.

— Quoi ?

— Enlève—les, et tes chaussettes aussi.

S'exécutant pour ne pas le contrarier, la jeune femme retira ses chaussures à talons en remarquant qu'il était lui aussi pied nu.

— Tu peux m'expliquer ? demanda—t—elle.

En toute réponse Phileas s'approcha d'elle et ouvrit son chemisier bouton par bouton.

— Si c'est pour du sexe sauvage que tu veux, n'y compte pas.

— Non, ne t'inquiète pas.

Phileas retira les bas de son chemisier de son pantalon de tailleur et le lui enleva. Désormais donc vêtue uniquement en haut de son soutien—gorge noir, frileuse, elle se recouvra un peu avec ses bras. L'homme du club se dirigea alors vers la chaîne stéréo, lança la musique et les premières notes d'*Hungry Eyes*[4], d'*Eric Carmen* se firent entendre.

— On t'a appris à danser quand tu étais en formation, fit Phileas.

— Oui mais…

— Laisse—moi te guider ma chérie…

Phileas passa ses mains autour de sa taille, la ramenant à lui, et son épouse posa alors ses mains sur ses épaules.

— Un, deux, trois, quatre.

Phileas commença à danser, les mains sur ses hanches et elle s'efforça de le suivre.

— Phileas… je n'ai suivi ces cours que quelque temps.

— Tu as vu le film non ?

— Phileas, je ne suis pas…

L'homme du club la ramena contre lui et la fit pencher en arrière.

— Ne t'inquiète pas… apprécie juste.

Les deux époux dansèrent ensemble tout le temps de la chanson. Leur maîtrise évolua avec facilité et instinct comme s'ils avaient fait cela toute leur vie tandis qu'ils enchainaient les pas avec une improvisation renversante, se

---

guidant l'un l'autre avec fluidité et romantisme... Ils ne pensaient plus qu'à cet instant, au plaisir de cette danse et à comment la garder la plus parfaite possible. Ils ne réfléchissaient même plus à la beauté de l'acte en lui—même mais à l'exécuter avec plaisir. Une tension sexuelle s'installa alors entre eux. La tenue d'Adélaïde, la musique, leur promiscuité et le fait qu'ils ne s'étaient pas touchés depuis longtemps... Leur danse se fit plus sensuelle et leurs regards plus intenses, la transformant en une étreinte amoureuse et passionnelle, lourde de sous—entendus. C'était redevenu magique entre eux... et un baiser fut échangé.

— Je t'aime Phileas, souffla Adélaïde.

— Moi aussi...

L'homme du club l'enlaça et la colla à lui... ils dansèrent ainsi amoureusement sur la chanson suivante, heureux et épris. Puis le téléphone sonna.

*

— Qu'est—ce que vous faites là ? demanda le docteur Martin, un dossier ouvert entre les mains. Voyant Adélaïde et Phileas sortir de l'ascenseur, il semblait étonné de les voir au *Service* à cette heure—ci.

— Daniels nous a appelés ! fit Phileas alors qu'ils passèrent à côté de lui pour se rendre à vive allure dans les méandres des couloirs blancs.

— Daniels ? Mais il n'est pas revenu, s'exclama Martin.

— Il faut croire que si.

Adélaïde et Phileas s'en allèrent d'un pas décidé parmi les agents vacants à leurs occupations, mais intrigué, le docteur barbu et ventru les suivit.

— Aux dernières nouvelles Billy a encore trois jours minimum de repos, leur rappela—t—il.

— On sait docteur, mais on ne serait pas revenus de chez nous en pleine nuit s'il n'y avait pas une bonne raison, rétorqua pressée Adélaïde.

Arrivant rapidement par les escaliers à l'étage où se trouvait le bureau de son assistant ils s'y dirigèrent d'un pas décidé, et voyant la porte ouverte, entrèrent sans frapper. Le jeune homme était bien là, installé derrière son bureau.

— Allez—y Daniels, fit Phileas une fois en face de lui.

— Comment allez—vous Billy ? demanda Martin.

— Bien, bonsoir. Madame, *Six*, docteur, comme vous le savez Isaac Memphis l'agent *Huit* est toujours à Moscou, enquêtant sur le réseau mafieux en relation avec l'*Organisation*, commença celui—ci en se levant sans se soucier des paroles du psychologue. Il ne savait pas que j'étais en congé c'est pourquoi il m'a envoyé ses dernières informations, et d'après ce qu'il a appris un riche industriel japonais nommé Hitoshi Kimihito serait un des membres haut placés de ce que certains appellent *Fantôme*.

— *Fantôme* ? demanda Phileas.

— Oui. Dans les dossiers que *Deux* avait compilés avant de mourir, il a découvert que ce nom était noté comme égale à D.N.C, les trois initiales revenant souvent dans les affaires liées à l'*Organisation*, le tout bien entouré.

— Agathin avait donc découvert une affiliation qu'on ne connaissait pas ? reprit le maître du club.

— C'est exact. C'est ce pour quoi on l'a abattu, renchérit Daniels.

— Et donc *Fantôme* serait le vrai nom de l'*Organisation* ? supposa Adélaïde en regardant tour à tour son mari, son assistant et le docteur.

— Non madame, s'empressa de répondre Daniels, plutôt une dénomination utilisée couramment par la mafia et certains milieux criminels.

— Comment ça ? fit Martin.

— Comme nous, nous utilisons le terme *Organisation* pour les nommer mais sans savoir le nom qu'ils se donnent eux—mêmes, lui expliqua—t—il.

— D'accord, fit pensive Adélaïde.

— Je vois, répondit Martin.

— Préconisant sur vos intentions j'ai chargé les agents Jonathan Tan et Keyah Samassa en poste au Japon de retrouver cet homme et de lui poser les bonnes questions, s'exclama Daniels.

— Bien, annonça satisfaite Adélaïde. Je veux que vous préveniez ces deux agents qu'ils passent agents exécutifs. Ils seront le nouveau *Douze* et la nouvelle *Dix—Sept*, ils ont l'autorisation de tuer si nécessaire.

— D'accord, acquiesça Daniels en prenant son téléphone pour passer l'info.

Pianotant aussi rapidement que possible il envoya l'ordre aux agents concernés avant de s'asseoir à son ordinateur pour confirmer la promotion par écrit.

— Vous allez mieux ? prit alors le temps de lui demander Adélaïde, soulagée de cette nouvelle piste.

L'assistant releva la tête et la regarda sans sourciller quelques secondes, une lueur imperceptible au fond des yeux. Tout de même encore chamboulé il prit le temps de répondre.

— Oui. Je fais encore beaucoup de cauchemars en pensant à Maggie… Mais Isaac m'a rappelé pourquoi je suis venu ici, fit—il ferme, malgré un certain malaise.

Il la fixa alors elle, le docteur, et Phileas, regarda dans le vide devant lui quelques instants, puis se reconcentra finalement sur son écran.

— Bienvenue au *Service*, c'est comme cela tous les jours, annonça Adélaïde amère.

— Il faut du courage Billy, je suis fier de vous, commenta le docteur Martin.

— Merci, dit—il juste tout en tapant sur son clavier.

Écrivant le rapport officiel sur la promotion des deux agents, il se plongea alors dans ses dossiers sans plus se soucier d'eux, et tandis qu'Adélaïde et le docteur restèrent là à le regarder faire, jugeant de son état, Phileas, le seul qui n'avait rien dit d'encourageant réfléchit. Il fit quelques pas et s'écarta du bureau pour évaluer les enjeux. S'ils arrivaient à atteindre cet homme, ce Kimihito, ils pourraient non seulement avoir des informations, mais aussi peut—être retrouver directement leurs enfants et avoir un moyen de détruire l'*Organisation*. C'était une occasion inestimable…

— On parlera plus tard, fit—il à Daniels en sortant de la pièce, reportant leur échange de sympathie.

— Où vas—tu ? l'interpella alors Adélaïde affolée en le suivant quelques pas.

— Je descends voir *Gadget*. Appelez—le, demandez—lui si le programme de chirurgie ressemblante a donné de bons progrès ! répondit—il en pointant du doigt le téléphone.

Phileas descendit les escaliers vers les étages inférieurs d'un pas hâtif. Adélaïde regarda alors le docteur Martin, qui se montra perplexe. Quelques instants plus tard, Phileas arrivant au niveau de l'atelier du service d'Équipements et développements technologiques en poussa les portes avec fermeté. Il entra à l'intérieur et d'un pas tout aussi décidé que lorsqu'il allait au combat, se dirigea vers le bureau de *Gadget*.

— Ils m'ont expliqué, c'est de la folie, annonça immédiatement l'homme en question en venant à sa rencontre, jouant des mains pour l'apaiser.

— Est—ce possible ? demanda simplement Phileas.

— Bien sûr que c'est possible, théoriquement, mais ce ne sera pas parfait et on n'aura pas le temps de le faire sans que cela passe inaperçu…

— Faites—le, le coupa Phileas déterminé.

— Phileas, écoutez—moi bon sang, répondit le vieil homme en le stoppant. Il faudrait du temps pour mimer le comportement de cet homme, sans compter qu'il doit avoir des proches et qu'il faut un volontaire pour changer définitivement son visage…

Gadget annonça cela avec un calme froid et déconcertant, mais il réussit tout de même à convaincre Phileas de l'impossibilité de l'ouvrage.

— Et du maquillage ? fit alors celui—ci, désemparé.

— Cela revient au même, malheureusement, annonça le vieil homme, déçu de briser ses espoirs.

Phileas s'essuya la bouche, perplexe, et regarda tout autour de lui.

— Alors c'est risqué d'attraper cet homme et de l'interroger sans qu'il ne sache rien ? fit—il, plein de rage.

— Je sais que c'est dur. Mais on n'aura pas le choix, confirma *Gadget*, qui arrivait également à cette seule conclusion.

— Bon sang, on est le *Service*, on devrait avoir plus de cartes en main !

Phileas furieux tourna les talons et quitta la salle pour sortir de là et regagner la surface. Il était en colère, enragé… Pas contre son ami, mais contre la fatalité, car il savait pertinemment que s'ils mettaient la main sur le japonais, ils ne pourraient savoir que ce qu'il savait à ce moment—là. Et s'il ne savait rien à propos des enfants, ils perdraient leur piste pour rien…

Alors qu'il montait les escaliers quatre à quatre, son téléphone sonna. Il venait de recevoir un SMS lourd à lire : *« C'est un pari risqué mais il faut le tenter Phileas… En espérant qu'Isaac trouvera d'autres informations ».*

Phileas s'arrêta et se colla contre le mur. Seul, désemparé il se laissa glisser jusqu'au sol, et ne pouvant plus tenir, rattrapé par le chagrin, pleura. Il ne voulait pas perdre ses enfants.

XXIII

Phileas et Adélaïde retournèrent chez eux, une nouvelle fois abattus. Ils étaient épuisés et détruits par le chagrin. Mais à l'inverse des fois précédentes, ils se sentaient toutefois définitivement vidés. L'espoir ne les habitait pour ainsi dire plus vraiment. Chaque fois qu'ils avaient une nouvelle opportunité de remonter la piste, ils la perdaient ou elle ne débouchait sur rien, chaque fois qu'un nouvel espoir naissait, il était tué dans l'œuf... Et on leur demandait de vivre avec cela, en jouant avec leurs émotions et leur peine, en leur faisant croire qu'ils retrouveraient leurs enfants, alors que non... C'en était fini, ils en avaient assez. Ils étaient à bout, ils abandonnaient tous les deux, rongés par la peine et la lassitude.

Accrochant leur veste sur le portemanteau, les yeux rouges, leurs enfants kidnappés, ils renonçaient. Adélaïde monta dans la chambre et s'allongea en larmes, et Phileas qui ne voulait pas l'entendre pleurer se rendit dans son bureau. Prenant sa guitare, il joua quelques notes pour s'occuper. Aucun d'eux deux n'était retourné dans la chambre des jumeaux depuis leur retour de Vendée. Ils n'osaient pas y entrer, c'était trop dur. Mais ils la videraient et feraient disparaître le mobilier et les tapisseries. L'*Organisation* avait gagné. Ils ne se battraient plus. Ils ne se l'étaient pas dit eux—mêmes, et ne l'avaient pas dit aux autres, mais tous les deux avaient l'intention de le faire. Adélaïde démissionnerait et donnerait son poste à qui le veut, et l'agent *Six* se retirerait définitivement du *Service*... Ils n'avaient plus la force, plus le courage de tenir. Ils en avaient assez.

Phileas ne termina pas sa chanson et reposa sa guitare. Il avait pour habitude le soir de chanter en jouant de la guitare pour les enfants. Cela lui prenait souvent, c'était une façon de leur signifier son amour. Il adorait leur jouer *Give a Little Bit*[5], *With or Without you*[6], *The Sound of Silence*[7] ou encore *Every Breath you take.*[8] Mais son public lui avait été retiré.

— Papa ?

Phileas releva la tête et vit sa fille dans l'encadrement de la porte.

— Je... j'ai entendu la musique... Papy m'a dit ce qu'il s'est passé, annonça—t—elle.

Phileas la regarda, lassé.

— Que ton grand—père arrive toujours à savoir ce qui se passe au *Service* m'étonnera toujours.

— Tu veux en parler ? demanda Wanda.

Phileas balança la tête, perdu.

— Tu sais... je... Ils me manquent terriblement.

— Moi aussi...

Phileas observa sa fille, et pour la première fois lut vraiment le chagrin sur son visage. Il ne l'avait pas beaucoup vu

---

[5] —*Give a Little Bit*, de Supertramp © A&M Records. Tous droits réservés.

[6] —*With or Without you*, d'U2 © U2, Mercury Record. Tous droits réservés.

[7] —*The Sound of Silence*, de Simon & Garfunkel édité sous le label Columbia © 2010 Sony Music Entertainment. Tous droits réservés.

[8] —*Every Breath You Take*, de The Police © 2011 UNIVERSAL MUSIC GROUP. Tous droits réservés.

depuis leur retour, et il ne l'avait pas vraiment regardée, mais elle était aussi abattue qu'Adélaïde et lui. Elle avait les yeux rouges et fatigués de continuellement pleurer, elle n'était plus maquillée depuis des jours, et surtout elle semblait déboussolée. Se relevant, Phileas la prit dans ses bras.

— Tu tiens le coup ? lui demanda—t—il.

Wanda se blottit contre lui et mit sa tête sur son épaule.

— J'essaye, mais je n'y arrive pas trop…

— Tu as fait quoi ? Tu as passé ton temps à quoi ?

La jeune Italienne souffla, et rassembla ses esprits pour tâcher d'être exhaustive.

— J'ai passé beaucoup de temps avec papy, et des amis…

— Je suis désolé de t'avoir encore négligée, voulut s'amender Phileas.

— Toi et Adélaïde vous cherchiez à les retrouver. Je ne peux pas vous en vouloir…

Phileas serra sa fille contre lui, et regarda tout autour de lui.

— On va partir Wanda, fit—il alors.

— Partir ? s'étonna la jeune fille.

— Cette maison, elle a trop de souvenirs… je… je ne peux pas, et Adélaïde non plus, je pense.

Wanda regarda tout autour d'elle, apeurée. Cette maison représentait beaucoup pour elle, des centaines de souvenirs, des années de sa vie… mais c'était vrai.

— Cela me donne l'impression de les abandonner, s'exclama—t—elle.

— Oui… peut—être, mais ce sera trop dur de continuer à vivre ici. C'est mieux ainsi.

Wanda acquiesça, et sur ce coup de tête, ils montèrent les escaliers pour en parler à Adélaïde. Arrivant en haut, ils ouvrirent calmement la porte de la chambre, et s'approchèrent d'elle.

— Qu'est—ce qu'il y a ? demanda celle—ci en pleurs en les entendant.

Phileas et Wanda s'assirent sur le lit près d'elle, et la regardèrent.

— On va y aller Adélaïde, fit Phileas.

— Aller où ? s'étonna la jeune femme en s'essuyant les yeux.

— On va partir, quitter cet endroit. S'installer ailleurs…
La jeune femme écarquilla les yeux.

— Je…
Adélaïde regarda sa chambre, cherchant un repère, cherchant une idée à laquelle se raccrocher, mais tout lui rappelait ses enfants, tout lui rappelait qu'ils avaient vécu là avec eux… Adélaïde éclata en sanglot, et hocha de la tête. Elle acceptait.

Elle se rendit dans la chambre des enfants, prit une photo d'eux et saisie entre ses bras leur peluche préférée, puis toujours en larmes elle les rejoignit à la voiture. Wanda avait déjà fait entrer Cerebro et Blanche et lorsqu'elle referma la porte derrière elle, plus rien ne les retenant, ils s'en allèrent sans regarder derrière eux.

— On va où ? La maison d'Italie ? demanda Wanda au bout d'une dizaine de minutes de route.

— Non, on va rester encore ici, annonça Phileas, qui avait déjà réfléchi à la question.

— Où alors ? demanda Adélaïde dont les larmes avaient disparu.
Phileas appuya sur la pédale de l'accélérateur et roula de plus belle.

— Je possède une demeure à une dizaine de kilomètres d'ici, leur révéla—t—il.

— Pourquoi on ne la connait pas ? s'étonna sa femme.

— Parce que c'est mon dernier recours… C'est là que ma mère m'a mis au monde.

— Quoi ? demanda Wanda.

— Ta grand—mère a été envoyée ici pour avoir défié son père en ayant un enfant d'un espion français. C'était une autre époque… C'est pour ça que je vis ici, dans cette ville, parce que c'est le dernier lieu connu où elle était.

— Mais tu as vécu à la demeure du lac de Côme non ? s'étonna Wanda.

— Ma grand—mère a fait pression sur son mari pour que sa fille puisse revenir à la demeure familiale… et il l'autorisa à venir avec son rejeton… jusqu'à ce qu'il en ait eu marre et nous renvoie en France avant de m'enlever quelques mois plus tard et de m'amener à l'orphelinat.

— Ton grand—père était un monstre…

— Mon grand—père était un connard mafieux qui a enlevé l'enfant de sa fille avant de la faire enfermer quelque part pour la châtier.

— Quoi ? Mon arrière—grand—père est de la mafia ? s'exclama Wanda.

— Oui… Papa est un agent de la DGSE et maman la fille d'un mafieux… Imagine le tableau.

Wanda s'enfonça dans son siège, étonnée de cette révélation.

— Comment tu as récupéré la propriété alors ? demanda—t—elle.

— En faisant valoir mon titre… Et ma grand—mère me l'a cédée avant de mourir.

— Tu l'avais retrouvée alors ? fit Adélaïde, qui ne s'étonna même plus d'apprendre cela alors qu'ils avaient déjà parlé des dizaines de fois de son passé.

— Juste elle… elle m'a dit qu'elle n'avait pas revu maman depuis mes sept ans. Son mari avait déjà disparu dans la nature sans lui dire où était leur fille.

— Je peux te poser une question papa ? Tu as repris ton titre et ton nom pour te rapprocher de ta mère et défier ton grand—père ?

— Oui… j'espère depuis plus de vingt ans qu'il revienne pour essayer de me chasser.

— Bien. Le jour où il débarque, je me ferai une joie de l'accueillir.

La conversation se termina là—dessus, étouffée.

XXIV

Une semaine plus tard.

— Ça sonne, s'exclama Phileas depuis la cuisine.

— J'y vais, fit Adélaïde.

La jeune femme regarda encore un peu la forêt au loin, et rentra à l'intérieur. D'un pas rapide, elle se rendit alors dans le salon et se dirigea vers le téléphone.

— Allô ? demanda—t—elle en décrochant.

— *« Bonsoir madame, c'est Daniels. »*

— Oui ?

— *« Keyah a appelé pour nous prévenir... Kimihito ne savait rien concernant les enfants. »*

Adélaïde s'installa sur le canapé calmement, mais ne prononça aucun mot.

— *« Madame ? »* demanda alors son assistant au bout de quelques secondes de silence.

— Je suis là, je suis là... continuez à essayer de trouver des pistes, merci.

Adélaïde raccrocha sans attendre une réponse et les yeux perdus dans le vide, resta figée ainsi quelques secondes. Puis elle se releva, mue par une volonté indicible, et retourna sur la terrasse. Il faisait nuit dehors, mais doux. Un temps de saison...

S'accoudant à la rambarde, Adélaïde recommença à fixer la forêt au loin, se perdant dans le décor. La villa occupée par Valentina D'Allegra durant son exil était charmante. Elle était grande et spacieuse, agréable et claire, mais il fallait se l'avouer, c'était une prison. Elle était nichée au sommet d'une colline entourée d'une forêt dense protégée par des murs hauts de quatre mètres. C'était une prison en plein air de plus de cent—soixante hectares dont le seul réconfort était une liberté et un cadre de vie plus que convenable. C'était ici que sa belle—mère et son époux avaient été cloitrés lorsqu'il était jeune garçon, et c'est ici qu'elle avait l'intention de rester, loin de tout.

Wanda et Phileas l'appelèrent pour venir manger, la tirant de ses pensées. Quittant une nouvelle fois cette vision étrange, Adélaïde les rejoignit.

Treize jours plus tard.

Adélaïde refit son lacet défait, remit une mèche rebelle en place, et se releva. De nouveau prête, elle reprit alors sa marche. Avançant d'un pas lent, refermant un peu son col à cause du froid, elle essaya de distinguer des bruits d'oiseaux ou d'animaux à travers le sifflement du vent dans le feuillage. Rien toutefois ne se fit entendre, c'était une après—midi calme comme presque à chaque fois. Appréciant la fraîcheur de l'air sur son visage, la jeune femme savoura alors l'instant présent et laissa ses idées vagabonder tout en continuant à flâner. La forêt autour d'elle, dense mais illuminée, se montrait plus rassurante qu'oppressante. Plus elle s'y promenait, et moins elle l'effrayait. L'endroit, qui s'apparentait au début en elle à une masse sombre et obscure intimidante, se transformait peu à peu en un coin familier qu'elle trouvait des plus agréables à arpenter. Empruntant d'ailleurs pour une fois un sentier qu'elle n'avait jamais utilisé, elle s'enfonça parmi les arbres et rejoignit plus encore que d'habitude la profondeur de la forêt. Le sol sous ses pieds devenant alors rapidement un amoncellement de feuilles mortes, d'épines de conifères, de pommes de pins et de moisissure, elle s'imprégna d'une étrange sensation, les sens en alerte à ce sol instable et à cette odeur caractéristique de bois humide mélangé à l'odeur de la sève collante. C'était enivrant. Cela lui titillait l'échine, lui criant de se méfier, mais cela respirait la nature, la liberté, l'insouciance, et c'est ce qu'elle adorait dans ces promenades. Inspirant donc de grandes bouffées de cet air, elle se satisfit de redécouvrir des odeurs élémentaires et bien terrestres, et continua à s'avancer parmi les déchets végétaux, les arbres et la verdure. Elle marcha ainsi plus d'une heure, et lorsqu'elle fut pleinement rassasiée, retourna vers la demeure.

— C'était bien ? lui demanda Wanda en la voyant rentrer.

Adélaïde retira ses chaussures l'une après l'autre, et souffla en enlevant sa veste.

— Relaxant, très relaxant. Tu devrais venir avec moi plus souvent.

— Je viendrais demain alors, répondit Wanda.

Les deux jeunes femmes s'échangèrent un sourire, et l'ancienne Reine s'avança vers la table où l'attendait sa belle fille et sa tasse de thé, préparée comme à chaque fois. Silencieusement, elles prirent alors la collation hebdomadaire avec des petits sablés.

Adélaïde et Wanda avaient fini par s'habituer à leur nouvelle demeure. Passant le plus clair de leurs journées à travailler le jardin, elles s'occupaient sainement de la sorte tandis que Phileas coupait assez de bois pour entretenir la cheminée pour les mois à venir. À part pour faire des provisions, ils ne quittaient ainsi guère la propriété, préférant s'isoler que d'affronter la réalité, et lentement mais sûrement, ils se bâtirent une nouvelle vie, calme et faite de peu de choses, mais qui leur plaisait. Ce qu'ils devenaient était à des lieux de ce qu'ils étaient réellement au fond, mais ils en avaient besoin et cela leur convenait. Malgré les pleurs.

Plus tard.
Adélaïde fit check de la main, et attendit de voir ce qu'allait faire Wanda.

— Je check aussi, s'exclama celle—ci.

Les regards se tournèrent alors vers Phileas. Celui—ci posa son jeu face caché sur la table, observa sa femme et sa fille, impassibles, et analysa leurs gestes et leur regard. C'était une partie de Texas Hold'em Poker assez prenante… En plus d'avoir misé de l'argent, beaucoup d'argent, il y avait une certaine forme d'implication personnelle envers le gagnant en cas de perte qui était assez déroutante. Cela rendait le jeu plus dangereux, plus intéressant et captivant, mais surtout, il n'était inacceptable pour aucun des trois de perdre.

— Je fais tapis, s'exclama Phileas, cent vingt mille euros.

D'un geste de la main, il poussa le reste de ses jetons sur le centre de la table et les ajouta au pot.

— Bien mon chéri, je te suis, fit Adélaïde.

Prenant cent vingt mille euros en jetons sur les quatre millions et quelques qu'elle avait amassé, l'ancienne Reine les ajouta au pot.

— Idem pour moi. Mais tu ne te referas pas papa.

Wanda possédait encore plus de six millions d'euros, dont elle se sépara volontiers de cent vingt milles qu'elle ajouta aux deux millions et des brouettes à elle déjà dans le pot.

— Nous verrons bien, répondit Phileas.

Chacun avait commencé la partie avec six millions. Phileas les avait largement, Adélaïde les avait, car il lui avait cédé une partie de sa fortune quand ils s'étaient installés ensemble et mariés, et Wanda avait une fortune personnelle de près de vingt—trois millions d'euros, le plus gros ayant été débloqué à sa majorité. La partie en elle—même durait depuis plus de deux heures et demie et il était déjà près de onze heures du soir. Ils étaient concentrés, implacables, et Phileas s'était fait saigné à blanc. S'il perdait cette manche, c'était définitivement foutu pour ses six millions. Il regarda donc une dernière fois les deux femmes dans les yeux, et toujours amorphe et sans expression, étala son jeu. Il avait un carré de trois, tandis qu'Adélaïde avait un Full aux As par les huit et Wanda une couleur.

Phileas amassa la mise, soulagé d'avoir pour une fois remporté la main. Et sans qu'un mot soit échangé, il mélangea les cartes, coupa le tas, et le donna à Adélaïde pour qu'elle distribue.

— Tu espères gagner ? s'exclama—t—elle.

— Adélaïde, je vais gagner…

— Nous verrons bien.

Phileas était un bon joueur techniquement, il savait garder le visage impassible et il savait calculer les probabilités, son Q.I. et sa faculté naturelle pour les mathématiques étant bien au—dessus de la moyenne. Ce qui avait failli le couler, c'est que sa fille et sa femme se montraient de plus en plus douées et s'avéraient être des adversaires de taille. Wanda surtout, qui depuis quelques années il le savait se documentait, lisait et vivait toutes sortes d'expériences pour se créer un catalogue de connaissances en tout genre… Elle apprenait très vite, tenant beaucoup de lui. Oh, Adélaïde n'était pas en reste pour autant elle aussi, elle avait pour elle une certaine chance du débutant mais surtout, une innocence qu'on lui attribuait toujours alors qu'elle était en réalité devenue très coriace. Tout cela fut l'erreur de Phileas. Croire encore que sa femme était sensible et débutante, et que sa fille n'essayait pas de l'atteindre ou de lui ressembler. Mais maintenant, il l'avait compris, et sortant son égo de l'équation, essayant de deviner le bluff presque parfait de ses adversaires, il fit tout pour gagner. La partie dura encore plus d'une heure et demie. Terminée accompagnée de cocktails, de gâteaux secs ou de pistaches, elle fut une victoire pour lui. Il n'avait plus que cent vingt mille euros, soit à peine un cinquantième de sa mise de départ quand il avait du faire tapis pour finir et étaler son carré de trois. Mais cette manche avait porté ses gains totaux à plus de huit millions, ce qui avait, même si elles ne le montraient pas, impressionné et fait peur aux filles. Cette infime panique dans leur esprit était un point qu'il avait marqué, et sur lequel baser sa victoire future, car elles le reprenaient pour un joueur sérieux. Et le reste fut facile. Une manche fut gagnée sur un jeu incroyable, une quinte flush inespérée, deux autres sur un bluff, une sur un tapis, et la dernière sur une paire d'As et une paire de valets, encore une fois la meilleure main. Empochant douze millions d'euros nets il fut alors satisfait et termina son cocktail en regardant avec sourire Adélaïde et Wanda.

— Parlons de ce que vous me devez d'autre, s'exclama—t—il.

Wanda battut les cartes et les rangea.

— Un mois de vaisselle et un mois de nettoyage ?

— Mais encore ? fit—il en regardant Adélaïde.

— Mini—jupe, bas et haut sexy durant un mois ? annonça celle—ci, déçue de sa défaite.

— Ah… en tout cas je vous remercie, je vais pouvoir me racheter une Aston Martin DBS 12… sur ce, bonne soirée mesdames.

Phileas se leva, fier, et s'en alla se coucher. Elles étaient de mauvaise humeur, mais elles étaient imbattables dans d'autres domaines, alors ce n'était que partie remise… Se brossant les dents, il savoura sa victoire, et enlevant son pantalon, s'allongea et s'endormit.

Quelques jours plus tard.

— Alors ? Quel effet ça fait ? demanda Wanda.

Adélaïde se remit une mèche en place et regarda son allure. Elle portait des bottines noires, une jupe plissée, des bas et un haut avec un beau décolleté. Esquissant un sourire narquois, tout de même bien habillée, elle répondit alors :

— J'aime bien, même si je n'ai pas envie de porter cela tous les jours pendant un mois.

— Oui, j'imagine…

Les deux jeunes femmes, enfoncées au plus profond de la forêt, continuèrent à marcher parmi les conifères pour atteindre le mur délimitant l'arrière de la propriété.

— Et tu as une culotte ? Ou tu ne dois pas en mettre ? demanda Wanda.

— Ça fait partie du deal… rien en dessous.

— Tu n'as pas froid ?

— Non, j'en ai mis une. Quand j'arriverai à la maison, je l'enlèverai.

Wanda continua à avancer, et sourit.

— C'est bizarre… commença—t—elle alors, nerveuse.

— De quoi ?

— Eh bien tu es pour ainsi dire ma meilleure amie, mais tu es la copine de mon père.

— La femme de ton père, la reprit Adélaïde.

— Ouais, exact, ma belle—mère… ça fait bizarre.

— Bah, pas tant que ça. Je n'ai que six ans de plus que toi, et on a beaucoup en commun non ?

— Oui oui, bien sûr. Mais quand tu me parles de ton copain, c'est de mon père que tu parles.

— Et quand tu me dis que ton père te saoule, c'est de mon époux que tu parles… Je reconnais que ce n'est pas évident mais c'est ainsi fait. Et c'est pour le meilleur et pour le pire.

Wanda acquiesça par l'affirmative, et elles continuèrent à marcher calmement sur le sentier. Le mur arrière commençait à apparaitre parmi les arbres, à une centaine de mètres. Elles approchaient du but.

— Tu as prévu quoi pour l'anniversaire de papa demain ? demanda alors Wanda.

— Je ne sais pas trop, répondit Adélaïde. C'est une date entachée, comme toutes les autres fêtes. Mais on va la célébrer quand même, alors je ne sais pas si cela doit être symbolique ou une grosse partie.

— Papy viendra ?

— Je ne sais pas. Je ne pense pas, il passe son temps à contacter d'anciennes relations pour aider, et il sait que ton père a besoin de se ressourcer.

— Et tes parents ?

Adélaïde ne répondit pas, alors Wanda ne continua pas.

— Une voiture ? demanda—t—elle finalement au bout de quelques instants pour revenir sur l'anniversaire de Phileas.

210

— Non, laissons—lui son petit plaisir… Mais j'aurais bien aimé lui offrir quelque chose d'exceptionnel.

— Oui, moi aussi… mais je ne sais pas quoi.

— En fait, j'ai peut—être une idée, mais c'est beaucoup trop… fit Adélaïde, indécise. Je lui aurais bien offert un pistolet en or ou en diamant.

— Ouah, ce serait super... mais en or oui, en diamant je ne pense pas que cela soit réalisable…

— Mais ce serait beau.

— Très beau.

Les deux jeunes femmes se sourirent, et arrivant près du mur, le regardèrent et le touchèrent, puis discutèrent en flânant avant de repartir vers la maison. Une heure plus tard, elles y arrivèrent alors, et entrant par la véranda, enlevèrent leur veste. Entendant son mari arriver, Adélaïde retira rapidement sa culotte noire, qu'elle fit glisser sur ses jambes, pour la tendre furtivement à Wanda afin qu'elle la cache dans ses poches. Faisant alors un bisou sur les lèvres de son mari, ils parlèrent de commodités, puis celui—ci retournant dans son bureau, elle se redirigea vers sa belle—fille pour qu'elles prennent le thé accompagné de petits sablés.

Plus tard...

— Joyeux anniversaire mon chéri, fit Adélaïde en se penchant sur lui pour lui faire un gros bisou sur la joue.

— Mon anniversaire c'était avant—hier Adélaïde, et on l'a déjà fêté, s'exclama Phileas en levant les yeux de sur son ordinateur.

— On sait, mais on voulait t'offrir tes cadeaux surprises…

Wanda s'avança vers son père et lui fit un bisou sur l'autre joue.

— Je t'aime papa, joyeux anniversaire.

Phileas fit pivoter sa chaise, et regarda sa fille et sa femme, surpris.

— Merci… c'est un rappel ?

— C'est ça, sourit Wanda. Pour tes cadeaux. Et on a même refait un gâteau.

— Mmmh, ça j'adore !

Les deux femmes sourirent et lui tendirent leurs présents, que Phileas prit sur ses genoux.

— Je l'ai fait faire en urgence, s'exclama Adélaïde en parlant du sien.

— C'est quoi ? demanda Phileas.

— Ouvre, et tu verras.

Phileas s'empressa d'ouvrir, le temps que Wanda aille chercher le gâteau, et s'émerveilla devant le cadeau d'Adélaïde, un écrin en quartz contenant deux magnifiques pistolets transparents.

— Ouah…

— Et ils marchent, celui en verre est fragile mais ils marchent ! sourit Adélaïde.

— Terrible ! s'émerveilla Phileas.

— Celui—là est en verre et pièces de métal pour le chien, et le deuxième est en…

— Polycarbonate ? la coupa Phileas.

— C'est ça. Incassable, résistant entre —135 °C et + 135 °C… enfin tu sais, quoi.

Phileas prit les deux armes en main l'une après l'autre, les soupesa, visa… il était émerveillé. Un vrai gosse.

— Elles sont superbes ma chérie.

Phileas rangea les deux armes de calibre neuf millimètres dans leur holster, et se leva pour embrasser sa femme.

— Merci ma chérie.

— De rien Phil…

Phileas regarda ensuite sa fille, déjà revenue avec les assiettes, les cuillères, le gâteau et les coupes pour le champagne, et saisissant son long et fin cadeau, le déballa.

— Je parie sur un katana ?

— Mmmh, peut—être ? s'exclama Wanda.

Phileas termina de déchirer le papier cadeau, et tomba subjugué sur un magnifique wakizashi, un sabre japonais à lame courte de 55 centimètres. Le prenant en main et le sortant de son fourreau en magnolia laqué, il l'admira alors. Sa tsuka était en deux parties de topaze orange de toute beauté lacées ensemble par de la soie, mais on pouvait tout de même en admirer la beauté chaude, sa tsuba était en or, et une lame d'acier brut transformée en composite aux motifs d'une bataille de samouraï se tenait au bout, courbée et tranchante. C'était superbe…

— Merci ma puce.

Phileas prit sa fille dans ses bras et l'embrassa.

— J'espère que cela te plait, s'exclama celle—ci.

— Bien sûr ! J'espère juste que je ne dois pas comprendre le message.

— Comment ça ?

— Les wakizashi sont principalement utilisés pour les suicides rituels.

— Ah, je ne savais pas… non, c'était juste pour te faire plaisir.

— Merci en tout cas…

Phileas lui fit un autre bisou, et tout en admirant ses deux femmes, leur servit du gâteau tandis qu'Adélaïde ouvrit le champagne.

— Trinquons mon cher époux… fit—elle.

Phileas se réveilla au milieu de la nuit. Se redressant, s'habituant au noir, il regarda autour de lui. Encore un cauchemar. Il en avait des sueurs…

— Mmmh, mmmh…

Phileas regarda Adélaïde qui s'agitait dans ses rêves. Elle dormait au milieu, et Wanda à l'autre bout. Ils avaient bien bus et ivres, celle—ci avait demandé si elle pouvait dormir avec eux. Ils n'y avaient pas vu d'inconvénient, et tous les trois s'étaient pour ainsi dire endormis presque tout de suite sous l'effet de l'alcool…

Phileas se leva et partit dans la cuisine se servir un verre de jus de pomme. Il passa ensuite aux toilettes, à la salle de bain, puis revint se coucher.

Adélaïde était dans son bain moussant, savourant un repos relaxant, lorsque cela toqua. Cela ne pouvait être que Wanda.

— Entre, vas—y, s'exclama Adélaïde.

La porte s'ouvrit, et la jeune femme pénétra dans la salle de bain.

— Oh, un bain ! On ne se refuse rien dis—moi ? sourit Wanda.

— Ouais… fit Adélaïde en soufflant dans la mousse.

La jeune femme se rendit jusqu'au lavabo, et vérifia son maquillage et l'état de ses dents dans le miroir.

— Tu ne sors pas, pourquoi tu vérifies ? demanda Adélaïde.

— Et toi, pourquoi es—tu toujours bien maquillée ? lui rétorqua la jeune femme.

— Parce qu'il y a ton père.

— Moi je ne veux pas me laisser aller, fit Wanda.

— Mouais…

Adélaïde joua un peu avec la mousse, quand Wanda se tourna vers elle.

— Je peux venir ? demanda—t—elle alors, un immense sourire en lèvres.

— Non !

— Allez !

— Non Wanda !

Avant qu'Adélaïde n'ait eu le temps de protester plus encore, Wanda s'était presque entièrement déshabillée, et elle s'en retrouva mal à l'aise. Se taisant, l'ancienne Reine se replia alors un peu sur elle—même dans son coin, et détourna le regard quand sa belle—fille entra nue dans l'eau de l'immense baignoire.

— Pourquoi tu détournes les yeux ? demanda Wanda.

— Devine…

— Parce que je suis une fille ?

— Parce que tu es ma belle—fille.

— Ce n'est qu'un bain Adélaïde. Cela n'a rien de sexuel.

— Wanda, je suis bi, et tu es la fille de mon mari, alors c'est…

— Malsain ?

— Oui, malsain.

— On ne prend qu'un bain, je te rappelle.

— On est deux filles dans le même bain, et tu es la fille de mon mari.

Wanda se pencha vers sa belle—mère.

— Je t'excite ?

Adélaïde lui jeta de la mousse au visage.

— Tu ne m'excites pas !

— Tu parles, je dois te rappeler que… ?

Adélaïde s'enfonça sous la mousse… quand Wanda lui pinça la cuisse. La jeune femme ressortit alors le visage de l'eau et regarda sa belle—fille.

— Je t'excite toujours ? demanda celle—ci avec sérieux.

Adélaïde affirma d'un signe de tête.

— Un peu, mais on n'a pas le droit… avoua—t—elle.

— Je le sais, banane, et je ne veux pas te tenter, et je ne veux pas coucher avec toi, je ne suis pas bi. Du moins je ne pense pas l'être vraiment.

— Mais il y a un mais ?

— Mais ne crois pas que même si tu as des envies noires, je serai là pour les combler… alors ne t'en fais pas…

— Ouais, mais tu es ma belle—fille…

— Et je continuerai à t'emmerder !

Wanda lui pinça le ventre avant de repartir dans son coin en rigolant, et cela dégénéra en bataille de mousse et franche rigolade…

…

Adélaïde se réveilla en pleine nuit. Phileas dormait à sa gauche, et Wanda à sa droite… Elle avait rêvé des enfants et s'était réveillée en sursaut. Les larmes aux yeux, elle se leva et sortit discrètement de la chambre. Elle se rendit sur la terrasse et regarda la forêt.

— Bon sang, ce n'est pas une vie… vous me manquez les enfants, où que vous soyez, sachez—le, votre maman vous aime et vous lui manquez.

Adélaïde retourna à l'intérieur et se servit un verre de lait avant de retourner vers la chambre en refermant derrière elle. S'allongeant entre le père et sa fille, elle se colla d'abord à son époux et lui masturba le pénis, puis tout d'un coup prise d'une envie saugrenue, elle retira ses atouts et se colla nue comme un ver dans le dos de Wanda. Passant ses mains sur son corps sous ses vêtements, elle lui caressa les seins et le pubis puis s'endormit… La jeune Italienne fit comme si de rien n'était mais l'ex—Reine avait clairement senti qu'elle avait légèrement écarté les cuisses pour qu'elle puisse lui toucher sans problème le clitoris et les petites lèvres. … Cela resterait entre elles et elles ne recommenceraient pas, mais c'était comme si cette mouille chaude et excitante qu'Adélaïde avait sentie au bout de sa phalange n'avait pas été pour elle. Cela resterait entre filles…

Le lendemain soir, Adélaïde, Phileas et Wanda lisaient tous les trois devant la cheminée. Pour la première, c'était un roman d'amour, pour le second c'était du Lovecraft, et enfin pour la dernière du Dickens. C'était une soirée calme, commencée par un bon dîner et se terminant incessamment sous peu par une nuit d'amour pour les deux époux. Adélaïde posa d'ailleurs sa main sur celle de son époux, assis sur le canapé à côté d'elle, pour la lui tenir. Phileas se montrant réceptif lui adressa un sourire bref avant de replonger dans les pages de son récit, tandis que sur le fauteuil non loin Wanda tourna sa page sans pour autant couvrir le bruit du crépitement du feu… C'était plaisant, romantique, simple… Les trois personnes appréciaient tout cela, mais il fallait se l'avouer, ce n'était pas eux… et comme s'ils se réveillaient d'un rêve, pour la première fois depuis vingt—six jours le téléphone sonna de nouveau. Les yeux quittèrent les pages, regardant le combiné, alertes, et Adélaïde, la plus proche, anxieuse, incertaine, retira ses lunettes, regarda son compagnon, puis finalement décrocha après que la sixième sonnerie se fut fait entendre.

— Allô ? demanda—t—elle, timidement.

— *« On a retrouvé la piste des ravisseurs madame, ils sont toujours à Bretignolles sur Mer. »*

XXV

Adélaïde, Wanda et Phileas arrivèrent au *Service*, et en ouvrirent les portes de la salle des bureaux avec fracas.

— Rapport ? demanda alors immédiatement Adélaïde.

Les agents tournèrent la tête vers eux, et à cette parole l'un d'eux se leva hâtivement et vint à leur rencontre.

— *Huit* a suivi des suspects dans son enquête à Moscou et en les arrêtant, a intercepté une conversation signalant que les ravisseurs de vos enfants sont encore pour moins de vingt—quatre heures dans la ville du rapt, formula un agent en les suivant jusqu'à l'armurerie.

— Il a intercepté depuis Moscou une conversation française ? s'étonna Phileas, trouvant cela aberrant.

— Non, il filait un capo de la branche de la mafia russe qui traite avec *Fantôme*, lui affirma l'agent de recherche en chemise blanche et cravate noire. L'homme après qu'il l'eut arrêté a reçu un coup de fil l'informant de la situation et *Huit* s'est fait passer pour lui.

— Bien. A—t—il une idée du lieu où ils se trouvent alors ? demanda Phileas.

— Non, il n'a pas osé demander de peur d'éveiller des soupçons. Ce qui fait qu'on a très peu de temps, car quand ils s'apercevront que l'homme qu'il a arrêté a disparu…

— Ils sauront qu'il est tombé, confirma Phileas en le coupant en même temps qu'il ouvrit la porte de l'armurerie à Adélaïde et Wanda.

— Exact.

— Faites—moi penser à ériger une statue en l'honneur de *Huit*, prononça Adélaïde en entrant dans la salle. Il bosse plus que nous tous réunis.

L'agent la suivit, le regard perplexe, et Phileas fermant la marche derrière lui se rendit vers les établis d'armes, où Adélaïde et Wanda s'équipaient déjà.

— Tu comptes venir Wanda ? demanda—t—il en prenant un P99 et un holster qu'il fixa à sa taille.

— Je suis experte au saï, je manie très bien les armes à feu et surtout, j'ai quelques coups à leur rendre pour m'avoir privée de mes bouts de chou !

Tout en lui annonçant cela avec fermeté, elle fit pivoter deux saïs entre ses doigts avant de les ranger dans la ceinture qu'elle avait déjà installée à sa taille.

— Cela ne servirait à rien de te raisonner…

Phileas prit donc un Beretta qu'il fixa à sa cheville et regarda Adélaïde se fixer une jarretière—holster à la cuisse gauche. En la regardant, il imagina un instant l'effet qu'elle avait dû produire sur les agents en débarquant en bottines jupe noire et pull au décolleté flatteur. Elle était super sexy ! Heureusement cela dit qu'elle n'avait plus eu de bas à se mettre et qu'elle avait opté ce jour—là pour des collants…

— Je veux un maximum d'agents sur le terrain, annonça la jeune femme à l'agent en s'attachant les cheveux.

— Vous serez une centaine, madame, répondit celui—ci, le gros des troupes est parti dès que *Huit* nous a prévenus.

— En civils ? demanda Wanda.

— Oui mademoiselle, en civils et en policiers, lui confirma l'homme. Tous avec de faux papiers et des fausses plaques de police secrète.

Adélaïde prit un Walther PPK qu'elle arma, Wanda prit deux dernières armes qu'elle fixa dans le bas de son dos, et Phileas attrapa des tasers qu'il leur tendit.

— Tenez.

Wanda et Adélaïde le regardèrent dans les yeux, et acquiescèrent en les prenant. Il attrapa alors deux couteaux de combat et une montre qu'il synchronisa avec son téléphone et sa puce GPS.

— On prend la Mustang, fit—il alors en sortant de l'armurerie à l'intention de l'agent.

— La Shelby GT500 ?

— Oui…

Phileas mena d'un pas ferme et pressé la marche jusqu'au garage personnel du *Service*.

— Comment tu comptes y arriver en très peu de temps sans avoir de problèmes avec la police ? demanda alors Wanda.

— En voiture banalisée.

Prenant au vol les clés que lui lança l'agent gardant le garage, Phileas monta dans une somptueuse Mustang blanche aux couleurs de la police nationale, et une fois les femmes montées, brancha le gyrophare et se dirigea vers la sortie en faisant vrombir le moteur.

*

Six heures et trois courses poursuites inutiles plus tard, une demi—heure avant l'aube, Phileas, Adélaïde et Wanda arrivèrent à leur maison de Vendée, où devant la grange étaient garées des véhicules civils, de polices et de gendarmeries. Pénétrant à l'intérieur, ils virent alors ce qui pour d'autres aurait pu s'apparenter à une réunion sectaire. Une centaine d'hommes et de femmes étaient assis ou debout en cercle autour d'une table où se tenait une dizaine d'agents distribuant les rôles et les endroits. Se faufilant jusqu'au centre, le trio prit rapidement connaissance du plan préparé, prit trois positions, trois triptyques de photos des ravisseurs et des bébés, trois oreillettes, et la réunion touchant à sa fin, se rendirent à leur affectation respective.

Une heure plus tard.
Les rapports fusaient. Tous étaient à l'affut de l'Audi noire qui n'avait toujours pas été retrouvée ou de l'un des trois ravisseurs encore vivants, Patrick Allain, Albert Adams Schmitt, et Christophe Patoz. Ils étaient cent vingt—trois au total, décidés et assez armés pour renverser une dictature. *Huit* avait envoyé un message, indiquant que de ce qu'il avait compris, ils avaient caché la voiture et s'étaient cloitrés dans un hôtel ou une résidence pour attendre que ça se tasse. C'était d'ailleurs assez logique, constatèrent—ils avec le recul, car c'était la meilleure façon de disparaître. S'ils avaient tout de suite pris la route, ils auraient pu être filmés par une caméra ou être arrêtés par un barrage. En attendant de la sorte, ils avaient le temps d'analyser les efforts déployés pour tenter de les retrouver et pouvaient développer une stratégie appropriée.
L'aube venant de se lever, les agents du *Service* étaient répartis ainsi : une cinquantaine d'hommes s'étaient rendus devant tous les hôtels et toutes les agences immobilières de la ville, tandis que les autres s'étaient déployés dans les quartiers résidentiels découpés en secteurs. Les premiers avaient pour mission de savoir dès l'ouverture si depuis les environs de la date de l'enlèvement, il y a trente—cinq jours, les suspects louaient une chambre ou un appartement,

alors que les seconds faisaient quant à eux du porte—à—porte dans leur périmètre d'action pour savoir si les gens les avaient vus. Pour le moment il n'y avait rien de probant mais l'étau se resserrait peu à peu, c'était obligé, et Adélaïde positionnée près du marché se sentait plus confiante que jamais. Ils approchaient du but.

Mais en attendant que les gens se lèvent et que la ville s'éveille pour commencer son porte—à—porte, elle fit les cent pas. Elle était impatiente et elle avait soif. Elle attendait qu'un bar ou une épicerie s'ouvre pour acheter de quoi boire, tout en luttant contre sa mémoire. Car elle se souvenait parfaitement de ces rues. Elle n'était jamais venue en Vendée avant ces vacances, mais elle s'y était énormément promenée avec les enfants, et les lieux lui rappelaient d'innombrables moments. Comme lorsqu'Adrien avait tendu les mains vers sa glace à la fraise, envieux, devant l'échoppe d'en face, que Jean avait perdu sa tétine et qu'un homme l'avait suivie sur trois cents mètres pour la lui rendre, ou encore quand elle avait acheté des sucreries vraiment délicieuses dans une boulangerie non loin. Plus elle tournait en rond et plus elle était amère, une boule au ventre. Toute sa peine ressurgissait, toute sa colère et sa frustration l'assaillaient. Adélaïde était mal.

— *« Madame ? »,* demanda l'agent Coppols dans son oreillette.

— Oui Nicolas ? répondit Adélaïde.

— *« L'agent Lirette a interrogé un vieux couple et ils jurent avoir vu un des gens avec Jean en ville avant—hier. On touche au but. »*

Adélaïde ferma les yeux et souffla de soulagement. Les larmes lui vinrent presque aux yeux. Ça y était, ce serait bientôt terminé.

— Merci mon Dieu, merci…

Adélaïde se laissa gagner par l'excitation et l'apaisement. Rassurée, elle était encore plus impatiente de les revoir. L'attente serait bientôt finie.

XXVI

Phileas se rendit à la porte suivante, le 25 bis, et sonna. Ne constatant aucune réaction, il attendit quelques secondes avant de sonner une nouvelle fois. Puis il appuya encore.

— J'arrive ! vociféra une voix.

Phileas entendit des pas sourds arriver vers la porte, et recula un peu. La porte s'ouvrit alors sur un homme en peignoir d'une quarantaine d'années assez imposant, et visiblement contrarié.

— Non mais ça ne va pas de sonner chez les gens si tôt ? Qu'est—ce que vous voulez ? demanda l'homme, acariâtre.

Phileas ne perdit pas son sang—froid, sortit son badge de police qu'il montra pour le calmer, puis commença à expliquer la situation.

— Bonjour, monsieur, pardon de vous déranger, mais auriez—vous l'un de ces deux bébés ou l'un de ces hommes ? formula—t—il en lui montrant les photos.

L'homme les regarda rapidement, et répondit par la négative.

— Non. Pourquoi ?

Phileas souffla, et répondit avec calme.

— Ce sont mes enfants, et ce sont les trois hommes qui les ont enlevés.

L'homme et Phileas se regardèrent dans les yeux, et au regard de chien battu de ce dernier, le riverain se reprit.

— Attendez, je vais chercher mes lunettes et ma femme…

— Merci monsieur.

L'homme tourna les talons et Phileas attendit patiemment son retour quelques minutes plus tard, accompagné de sa femme, elle aussi dans la quarantaine, un peu corpulente mais très soignée.

— Bonjour, montrez voir vos photos ? demanda—t—elle à Phileas.

Phileas les lui tendit, et la dame les regarda avec minutie.

— Ils sont mignons, ne put—elle s'empêcher de déclarer.

— Oui madame, ils ont les yeux de leur mère…

Phileas baissa les yeux et les ferma, abattu.

— Je… je suis désolée, je ne les reconnais pas, s'exclama la dame.

— Bien, merci, si jamais la mémoire vous revenait ou si vous les voyez contactez ce numéro.

Phileas leur tendit une carte de visite et leur faisant un au revoir de la tête, se rendit à la porte d'en face.

— Monsieur ? Pourquoi ne pas afficher des avis de recherche ? l'interpella—t—elle alors.

— Parce que nous savons qu'ils sont encore en ville, mais je ne veux pas qu'ils se sentent acculés, sinon ils disparaîtront.

Le couple acquiesça devant cette logique, et Phileas leur tournant définitivement le dos pour se rendre au 24, refermèrent la porte.

— Allez, c'est reparti…

Phileas sonna à la porte et attendit une réponse, essayant de calmer son impatience. Contre toute attente il entendit cependant presque aussitôt des bruits de pas et la clé tourner dans la serrure.

— Oui ? demanda une jolie jeune femme en ouvrant la porte.

Phileas resta bouche bée en voyant cette demoiselle aux cheveux blonds attachés et vêtue uniquement d'un débardeur et d'un pantalon de pyjama, mais se ressaisit rapidement.

— Euh… pardon, excusez—moi.

Phileas lui tendit les photographies et lui fit son exposé habituel, qu'il avait déjà répété une quinzaine de fois.

— Auriez—vous vu l'un de ces hommes accompagné de l'un de ces bébés ?

— Non pourquoi ? demanda la jeune femme après les avoir bien regardés.

— Ce sont mes enfants, ils ont été enlevés par ces hommes, et d'après nos informations ils seraient toujours en ville.

La jeune femme s'effraya d'une telle annonce, et appela immédiatement sa compagne.

— Sue ? Tu veux bien venir ? appela—t—elle.

— J'arrive, répondit une voix mélodieuse.

La jeune femme appelée Sue arriva alors, une tartine de confiture de fraise à la main, habillée d'un tee—shirt multicolore et d'une culotte rose.

— Bonjour ! fit—elle souriante en voyant Phileas, visiblement nullement gênée de sa tenue.

— Euh, bonjour, répondit Phileas. Voilà, je suis à la recherche de mes enfants. Ils ont été enlevés et ces hommes sont leurs ravisseurs. Les auriez—vous vus ?

Reprenant un peu de son sérieux, la jeune femme regarda les photos.

— Je ne saurais vous dire… Je viens de rentrer cette nuit d'un voyage d'une semaine…

— Ah... d'accord, merci quand même. Pourriez—vous contacter ce numéro si jamais la mémoire vous revenait ou si vous les aperceviez ?

— Bien sûr, répondit la jeune femme avec compassion.

— Merci. Au fait, vous avez renversé de la confiture sur votre débardeur, vous faites une allergie à votre maquillage et je crois pouvoir affirmer que le tissu de votre culotte n'est pas bon pour votre peau.

Sur ces mots, Phileas se rendit à la porte d'à côté, laissant ces demoiselles bouche bée, et recommença encore et encore...

Deux heures plus tard.

Phileas rejoignit Scott posté non loin, et s'installa avec lui sur un banc.

— Tu tiens le coup ? lui demanda celui—ci.

— On fait aller. Mais je me rends de plus en plus compte que j'ai fait plein d'erreurs. J'aurais dû les poursuivre en voiture dès le début, j'aurais dû appeler tout de suite pour essayer de les localiser avec un satellite, j'aurais dû...

— Tu n'es pas infaillible... Et tu as beau être intelligent, très intelligent, tu es affecté comme nous tous par la panique, la peur, l'effroi et l'adrénaline... L'erreur est humaine.

— Mouais, Phileas coupa court à cette orientation de la discussion. Des informations intéressantes ?

— Non. Silence radio depuis une heure et demie, et rien de probant dans mon secteur... Mais ne désespérons pas.

Phileas regarda sa montre.

— Il n'est que huit heures du matin. Attendons de voir.

— Oui.

Scott regarda son téléphone portable pour vérifier s'il avait reçu des messages, puis le rangea dans sa poche.

— Quoi de neuf sinon ? Cela fait longtemps qu'on ne s'est pas vus, commença Phileas.

— Oh, rien de spécial, la routine…

— Avec cette fille que tu avais vue au Havre, ça avance ?

— On continue à se parler… On attend de pouvoir se voir, répondit Scott.

— Pourquoi tu ne vas pas la voir ? s'étonna Phileas.

— Oh, je suis déjà allé la voir.

— Et ?

— Elle m'a invité à venir boire un coup en ville, on s'est baladé, on a flâné, le soir elle m'a proposé de m'héberger et voilà, on a passé une bonne soirée…

— Ah, intéressant. C'était bien ?

— Oui, très. On se plait beaucoup… mais depuis quelques semaines je bosse d'arrache—pied, alors je n'ai pas trop le temps d'y retourner.

Phileas déglutit.

— Je vois, répondit—il, compréhensif.

— Adélaïde et Wanda tiennent le coup ? lui demanda alors Scott.

— Comme elles peuvent, moi c'est pareil… On s'imagine souvent comment on réagirait si cela nous arrivait, mais quand cela arrive vraiment, on tombe des nues. On a l'impression de vivre un cauchemar.

— J'imagine à peine ce que vous devez vivre… Vous avez du courage, répondit Scott, n'imaginant même pas leur tourment.

— Merci…

— « *Coppols à Six ? »* demanda une voix dans leurs oreillettes.

— Phileas j'écoute, s'exclama celui—ci.

— *« On a retrouvé l'Audi monsieur. »* répondit l'agent.

Phileas et Scott se redressèrent d'un coup.

— Quoi ?

— *« Elle a été repérée par un vieux couple dans les bois près du parc des Dunes. Vous voyez où c'est ? »*

— Oui… On arrive tout de suite !

Une demi—heure plus tard.

Phileas et Scott arrivèrent près de l'Audi noire, encerclée par des techniciens du *Service* l'inspectant avec minutie.

— Rapport ? demanda immédiatement l'homme du club en approchant.

— À l'abandon depuis moins d'une semaine. Les clés ne sont pas sur le contact, il y a deux sièges auto à l'arrière, il n'y a aucune plaque d'immatriculation… répondit l'agent qui dirigeait l'inspection.

— Comment être certain que c'est la nôtre alors ? demanda Scott.

Phileas s'approcha de l'habitacle et regarda à l'arrière. Il n'y avait pas de hochet ni de petit vêtement qui prouverait que ses enfants étaient à bord, mais il avait un bon feeling.

— C'est le même modèle et le même noir. Je pense que vu les circonstances, on peut suggérer que c'est celle des ravisseurs. De toute façon, quand vous aurez relevé les empreintes comparez—les avec celles du fichier, on sera rapidement fixé.

— Cela ne devrait plus prendre qu'une dizaine de minutes avant de pouvoir les comparer. Mais pourquoi l'abandonner maintenant ? s'interrogea l'agent.

— Pourquoi pas ? En tout cas cela confirme leur présence en ville… Ils commencent à se débarrasser des encombrants.

— Exact, souligna Scott. Vérifiez dans les buissons alentour si on ne retrouve pas la clé, fit—il ensuite en désignant les buissons et grandes herbes des environs. Interrogez les voisins proches, ils ont peut—être vu quelque chose.

— Bien, s'exclama un autre agent en s'y attelant sur—le—champ.

— En tout cas, reprit Phileas, si c'est la leur, il faut penser qu'ils ont soit une deuxième voiture, soit qu'ils n'habitent pas loin… Je les vois mal marcher dix kilomètres à pieds pour retourner à leur planque.

— Mais cela reste envisageable Phil, lui répondit Scott.

— Envisageable, mais peu probable. Leur tête est passée dans les journaux.

Les agents acquiescèrent, et Phileas n'ayant rien d'autre à apporter ici s'en retourna vers son point de surveillance.

— Si vous avez du nouveau, contactez—moi, lâcha—t—il à ses collègues.

— Oui monsieur.

Scott regarda une dernière fois la voiture et la troupe d'agents opérant pour relever des indices, et le suivit. Ils repartirent en marchant vers leur désignation respective. Ils avançaient dans l'enquête, c'était déjà ça.

— *« De Coppols à tous les agents. Huit nous a envoyé un message. La transaction avec les hommes de Fantôme aura lieu à 10h45. »* annonça alors la voix de l'agent Coppols.

— Phileas à Coppols, priorité une. Qu'a—t—il dit ? demanda rapidement Phileas en continuant à avancer.

— « *On a rappelé le capo, et il a répondu à sa place. D'après lui les ravisseurs doivent remettre vos enfants à l'Organisation et être payés* », répondit Coppols.

— Curieux qu'ils tiennent ce capo aussi informé, s'exclama Phileas.

— « *Oui, mais dans tous les cas cela nous laisse juste…* »

— Un peu plus d'une heure et demie de manœuvre… cela va être tendu.

— « *Adélaïde, priorité deux, assurez—vous que tout le monde est à son poste* », annonça alors la jeune femme, qui avait été moins rapide que son époux à répondre. « *Et piratez les vidéos de surveillance de la ville si vous le pouvez. Tout véhicule suspect est à repérer.* »

— « *Bien reçu madame.* »

Un quart d'heure plus tard.

Wanda en était toujours à faire du porte—à—porte dans son rayon d'action. Elle était fatiguée, lasse, mais surtout de plus en plus impatiente. Ainsi lorsqu'un homme lui ouvrit et lui tint des propos déplacés, elle ne put s'empêcher de se défouler. Elle lui plaqua la tête contre le mur, et furieuse lui cracha sa colère au visage, irritée qu'en plus de son malheur, des petits cons comme lui se permettent de la traiter comme une chienne. N'oubliant pas pourquoi elle était là, elle lui montra toutefois les photos, et devant sa réponse négative, partit sans lui laisser le temps d'en placer une. Wanda alla alors à la maison suivante, et tâchant de se calmer, toqua à la porte. Elle était furieuse, énervée… et désemparée. Les esprits s'échauffaient, elle était à bout.

Adélaïde paya son verre en laissant un billet de cinq euros sur la table, et s'en alla. L'inactivité la frustrait plus que tout… et elle avait faim. Se rendant au supermarché le plus proche, elle flâna dans les rayons à la recherche de quelque chose de bon à grignoter, quand elle passa devant le rayon alimentaire pour bébé. S'y attardant, elle ne put s'empêcher de regarder les petits pots qu'elle avait pour habitude de leur prendre… Mon dieu, que tout semblait difficile à vivre depuis leur enlèvement… Adélaïde acheta un petit pot qu'elle adorait elle, manger, et se rendit au rayon des goûters. Elle prit des petits sablés et des confiseries au chocolat et se dirigea vers les bouteilles d'eau. Quand son sang se glaça. Elle reconnut un des ravisseurs qui entrait dans le magasin.

XXVII

Adélaïde, tremblante, sortit les photos des trois individus : Patrick Allain, Albert Adams Schmitt, et Christophe Patoz. Le regard, les cheveux bruns mi—longs et ébouriffés, la mâchoire et la gueule d'ange rebelle… Adélaïde fut certaine de reconnaître Patrick Allain, qui devait avoir son âge. Son cœur ne faisant qu'un tour, elle se colla contre le rayonnage, en attendant qu'il passe, et tandis qu'il s'avançait dans le magasin, elle se dépêcha d'aller payer ses courses en caisse pour sortir et attendre dehors pour le suivre. Soufflant, soulagée et apeurée d'être face au danger comme jamais, elle lâcha alors avec espoir sa trouvaille.

— *Méphala* à tous les agents, j'ai repéré Patrick Allain dans le supermarché près du marché, s'exclama—t—elle.

— « *Quoi ?* » lança un agent.

— « *Adélaïde, on te rejoint* », répondit rapidement Phileas.

— Non, définissez un périmètre autour du centre—ville, mais ne venez pas, il ne faut pas éveiller les soupçons. Mémorisez bien son visage et rangez vos photos, je vais tâcher de le pister jusqu'à son repère… Je coupe mon oreillette !

— « *Adélaïde non… !* »

Avant que Phileas n'ait eu le temps de rajouter quelque chose, Adélaïde avait coupé son oreillette pour ne pas risquer d'alerter l'individu. Phileas pesta, forcément, mais ne perdant pas son calme, il lui envoya un SMS pour lui dire qu'elle le tienne au courant par message, ce qu'elle promit de faire. Attendant dès lors qu'il sorte du magasin, elle vérifia son arme dans son gilet. Soulagée d'avoir des bottines et non des talons, elle se prépara au pire tandis que la masse d'agents se rapprocha lentement mais sûrement pour se poster dans les alentours et chercher dans les hôtels du coin.

— Allez, dépêche—toi, l'heure approche…

Adélaïde regarda sa montre, impatiente, quand elle le vit enfin passer les portes du magasin. Se cachant un peu plus derrière l'angle de la rue, elle regarda dans la direction où il allait, et voyant avec horreur qu'il venait vers elle, hésita deux secondes, puis se dépêcha de courir pour faire le tour du pâté de maisons.

— Phileas, je te déteste. Pourquoi faut—il que tu me fasses porter une tenue qui attire le regard ? vociféra—t—elle en tapant un sprint.

Adélaïde entra dans les petites rues, fit deux ou trois détours pour perdre du temps, et arriva au bout de deux minutes à deux cents mètres derrière lui. Repérant sa proie, elle longea alors les murs tout en reprenant son souffle. Tâchant d'être discrète, elle le suivit en faisant des pauses et des détours, faisant le maximum pour ne pas être repérée.

— Bien, ils se dirigent vers l'Ouest, s'exclama Phileas à l'intention des autres.

Marchant lui—même comme si de rien n'était, il arriva au niveau de la place où Adélaïde avait repéré Patrick Allain, et suivit ses indications.

— « Compris », firent plusieurs agents dans son oreillette.

— « Papa, je suis à vingt minutes de toi… »

— Bien reçu…

Phileas détestait cela. Il détestait devoir jouer à cache—cache comme ça, surtout si des vies étaient en danger, et encore plus ses enfants. C'était dangereux, d'autant qu'ils étaient plus de cent et que se faire repérer serait facile.

— Je veux des équipes de quatre en voitures, postées aux différentes sorties de la ville, décida—t—il. Avec des caméras pour filmer toutes les voitures sortant de Bretignolles sur mer !

— *« Quoi ? »* manifesta une surprise un agent.

— On est beaucoup trop pour être discrets, il faut qu'une partie d'entre nous se retire. Si jamais ils nous échappent il nous faut un plan B, alors je veux des équipes à chaque sortie pour pouvoir faire un barrage si notre battue ne fonctionne pas. Coppols, organisez cela depuis la ferme.

— *« Bien monsieur. »*

Phileas prit son téléphone en main, et regarda dans ses messages. Il recevait un SMS toutes les trente secondes de la part de sa femme, et lisant le nom des rues, se référant à celui envoyé il y a dix minutes, il prit la direction que lui indiquait Adélaïde. À la consultation rapide des différents SMS reçus depuis, il estima toutefois qu'il pouvait courir pour gagner du temps sans se faire repérer. Se hâtant donc pour rattraper son retard et du terrain, il prit autant d'avance qu'il le pouvait. La prudence avait voulu qu'ils retirent à Adélaïde la puce de localisation de son bras quand elle était devenue la directrice, afin qu'elle ne puisse jamais être repérée par des ennemis s'ils infiltraient le *Service*. Si c'était le cas, les autres agents devraient extraire eux—mêmes la leur mais elle, elle n'en aurait pas besoin. C'était une question de sécurité, mais n'ayant pas accès à la puce de son téléphone portable cela aurait bien été utile à Phileas qu'elle l'ait encore. Il aurait pu la localiser plus facilement… en y repensant, en mettre une aux enfants aurait dû être une prudence également. Phileas parcourut rapidement la distance la séparant d'Adélaïde, et se retrouva à quatre ou cinq pâtés de maisons d'elle. Il avait une petite minute de retard sur elle. C'était assez… Il sortit alors son arme.

— Tout le monde a ma position ? demanda—t—il.

— « *Oui monsieur. Et nous avons envoyé des équipes rapidement vers les sorties. Nous faisons au plus vite.* »

— Dépêchez—vous, je pense qu'ils devraient être arrivés à leur planque.

Adélaïde entendait la mer. Ils s'approchaient de la plage. Estimant qu'ils avaient parcouru plus d'un kilomètre et demi, elle supposa qu'ils avaient dû prendre un des hôtels du bord de mer. Elle réactiva donc son oreillette et se remit sur le réseau.

— Directrice Méphala aux agents, qui est en charge du secteur de la plage ? demanda—t—elle.

— « *Quel côté ?* », demanda Coppols.

— Boulevard Charles De Gaulles ! répondit—elle.

— « *C'est l'agent Nathalie Ramsey.* »

— « *C'est moi, madame* », s'exclama celle—ci.

— Bien, où êtes—vous ? demanda Adélaïde.

— « *Je suis un peu plus au Nord, madame. Une rue parallèle.* »

— Parfait, restez sur place, le suspect se dirige dans votre direction. Lorsqu'on arrivera à votre hauteur, vous me rejoindrez.

— « *Bien madame…* »

Adélaïde continua à suivre le suspect, et avançant parmi les rues aux pavillons provençales, se rapprocha peu à peu de la jeune agente, mais surtout de ses enfants. Son cœur faisait des bons dans sa poitrine, elle était frustrée et impatiente… Tout ça serait bientôt fini.

XXVIII

Albert avait eu envie de marcher. Il était las de vivre enfermé, las de cette affaire, las d'entendre ces sales gosses pleurer. Sortant donc pour fumer une cigarette, il en profita pour se balader. Après tout, il ne voyait pas pourquoi Patrick serait le seul à sortir, Christophe pouvait très bien gérer les deux marmots tout seul. Il n'arrêtait pas de dire qu'il regrettait de ne jamais en avoir eu, c'était sa chance non ?

Albert s'installa donc dehors sur un banc devant la plage, la clope au bec, et admira les filles en maillot de bain sur le sable, satisfait de pouvoir se rincer l'œil ainsi. Il fallait avouer que c'était l'aspect positif de ce contrat. Un hôtel au bord de la mer d'où il pouvait filmer les filles ou simplement les mater. Et puis l'endroit n'était pas désagréable, c'était tout au plus des vacances gâchées par deux enfants, rien d'autre. Albert tira une grosse latte et expira avec satisfaction. Dieu que cela faisait du bien de s'encrasser les poumons, cela faisait un bien fou… Il tira une nouvelle bouffée de tabac et regardant les gens sur la plage, il s'intéressa bien évidemment aux filles, coincées entre ces vieux débris, ces sales mioches ou ces gars ringards. C'est à ce moment—là qu'il remarqua à une quinzaine de mètres de lui une jeune demoiselle de dix—huit — vingt ans qui se releva brièvement de sur sa serviette, révélant de très jolis seins. Le sourire aux lèvres, il se redressa alors et s'approcha pour l'observer. Albert était un pervers. Il ne se voyait pas comme ça, mais il l'était bien. Profiteur, peloteur, vicieux... Plusieurs fois il avait été à deux doigts de commettre un viol si les circonstances ne l'avaient pas empêché. Il était quelqu'un d'arrogant et vaniteux, macho et oppressant, le genre d'homme qu'il ne fallait pas croiser, où que ce soit. S'approchant doucement de la demoiselle, allongée avec des amies, Albert la reluqua avec envie et s'installa à deux ou trois mètres d'elle pour pouvoir l'admirer dans les moindres détails... Il n'était pas si bête, il ne sortit donc pas son appareil pour la filmer ou la photographier, mais il la fixa avec insistance pendant plus de dix minutes sans qu'elle s'en rende compte... Et quand des garçons vinrent à leur rencontre, s'installant sur leur serviette pour discuter de ce qu'ils allaient faire l'après—midi, Albert se sentant en infériorité retourna sur son banc pour l'observer avec plus de sécurité. Une quinzaine de minutes passèrent alors, une nouvelle clope au bec, où il resta assis calmement à imaginer ou visualiser divers plans pour se l'acquérir, quand elle se leva avec une amie pour aller se doucher derrière l'hôtel, lui offrant une aubaine. Se levant à son tour, il la suivit alors calmement pour trouver le moment idéal pour passer à l'attaque. La jeune fille avait remis son haut de maillot de bain, certainement par pudeur... mais Albert la préférait sans... ce serait la première chose qu'il lui arracherait.

Le ravisseur suivit sa proie calmement, avec distance, attendant le meilleur moment, celui où elle serait seule... Il s'écoula ainsi dix minutes avant que la jeune fille, abandonnée par son amie allée aux toilettes, ne soit plus visible de personne. Il s'approcha alors calmement d'elle... C'était vraiment une jolie fille. La peau claire, bien proportionnée, le maillot de bain orangé deux pièces qu'elle portait lui allait vraiment bien. Il semblait juste déposé sur sa peau, sans la serrer ni rien, comme conçu pour elle.... C'était une vraie tentation... Et ses cheveux châtains attachés par une queue de cheval ? Et sa façon de lever la tête, les yeux fermés, pour recevoir le jet d'eau sur le visage pour se rincer ? C'était une véritable vision paradisiaque, Albert en était tout émoustillé... et malheureusement pour elle, de dos, elle ne le vit pas s'approcher dangereusement. Ce fut furtif. D'un geste précis, il défit ses deux flots, faisant tomber son haut, puis porta une main à sa bouche pour l'empêcher de parler, et passa son bras autour des siens pour la saisir, et la retourna pour la peloter avec férocité. La terreur se lisait dans le regard de la jeune fille. En moins d'une seconde, elle avait compris ce qu'il lui arrivait et elle en avait peur, effrayée par cet homme... Mais par chance, des bruits de conversations se firent entendre, et Albert affolé s'enfuit aussi rapidement que possible, laissant sa proie à moitié nue s'effondrer en larmes sur le sol, tétanisée... Sans s'en rendre vraiment compte sur le coup, elle avait alors échappé au viol, elle avait eu une chance folle...

Albert se balada dans la rue, sans crainte, comme si rien ne s'était passé. Il n'avait d'ailleurs pas peur du tout, comme s'il savait avec certitude que jamais il ne se ferait attraper, ce qui le rendit effroyablement vaniteux en plus d'être monstrueux... Mais comme pour beaucoup, ceci n'était pas un défaut pour lui...
Allumant une autre cigarette, il se détendit donc de son forfait en prenant une bonne bouffée et marcha calmement, satisfait du peu qu'il avait pris à cette fille, fier de son coup.

241

Flânant sans gêne aux alentours de l'hôtel, il apprécia d'être sorti, loin des deux marmots constamment en pleurs, et se laissa séduire par le temps, qui, il fallait le reconnaître, était chaud et ensoleillé… C'était une très belle matinée, baignée par une lumière rayonnante et un vent rafraichissant qui apportait du large un parfum d'océan. Une journée qui s'annonçait idéale...

Albert tira une nouvelle latte de tabac et expira la fumée avant de rechercher sa nouvelle victime. Il fallait dire qu'il avait toujours eu un atout qu'il mettait à profit pour ses forfaits, un gros plus qui faisait d'ailleurs qu'il était dans l'équipe, son excellente vue. Il voyait loin et en détail… Alors quand il fut attiré par cette superbe fille à côté de cette blonde, loin derrière Patrick, il fut plus qu'excité par sa tenue sexy, certain d'avoir trouvé sa nouvelle victime. Jusqu'à ce qu'il la reconnaisse. Sa cigarette tomba alors de sa bouche et il resta figé quelques secondes, bouche bée, terrifié, avant de se mettre à hurler.

— PATRICK ! DERRIÈRE TOI, C'EST ELLE ! s'écria—t—il en mettant ses mains en porte—voix.

Patrick interpellé se retourna, et reconnaissant Adélaïde, affolé, courut immédiatement vers son complice.

— Et merde ! s'exclama Adélaïde en sortant son arme. Phileas, ils nous ont repérées ! ajouta—t—elle ensuite à son oreillette.

— Bon sang, vite ! fit l'agent Ramsey.

— *« Je suis là dans moins de deux minutes ! »*

Les deux femmes affolées mais l'arme au poing coururent aussi vite que possible pour rattraper les deux ravisseurs.

XXIX

Patrick suivit Albert et ils coururent de toutes leurs forces en direction de l'hôtel. Ils avaient à peu près cinq cent mètres d'avance... ce qui était bien assez pour disparaître. Profitant de l'angle de la rue qui les cachait à Adélaïde et l'agent Ramsey, ils sprintèrent donc le plus vite possible vers l'entrée de l'hôtel, donnant le maximum d'eux—mêmes. Cela ne se joua qu'à une minuscule seconde, mais grâce à quelques mètres ils purent s'engouffrer à l'intérieur avant qu'Adélaïde et l'agente Ramsey ne soient arrivées dans la rue, et que furieuses, elles durent ranger les armes en se demandant où ils étaient passés.

— L'hôtel ? interrogea Adélaïde en se tournant vers sa collègue.

L'agent Ramsey reprit son souffle, les mains sur les cuisses, et inspira grandement.

— Ou la plage... souffla—t—elle.

Adélaïde secoua la tête, elles perdaient du temps... Sortant son arme et sa fausse plaque, elle courut vers l'entrée de l'hôtel, à couvert.

— Allez sur la plage ! Vite ! lui ordonna—t—elle.

Adélaïde se faufila le long du mur de l'hôtel, et entrant à l'intérieur, se rendit vers la réception d'un pas pressé.

— Deux hommes viennent—ils d'entrer en courant ? vociféra—t—elle en montrant sa plaque.

— Oui, oui… annonça terrifiée le réceptionniste.

— Ils sont dans quelle suite ?

— Je… je ne sais pas… répondit—il désemparé.

— Eh bien regardez sur votre registre ! pointa—t—elle de son canon le cahier avant de se retourner pour jauger les touristes dans l'entrée et de prévenir les autres. Ils sont à l'hôtel Atlantique ! s'exclama—t—elle alors dans son oreillette.

— Voilà madame, répondit le réceptionniste en regardant le cahier… suite 201…

— Merci.

Adélaïde monta les marches quatre à quatre et se rendit au second étage.

— Ramsey, attendez en bas, ils vont peut—être s'enfuir, faites le tour…

— « *Bien madame !* »

— « *Adélaïde, on arrive !* », annonça Phileas.

— Reçu.

Adélaïde arriva au second étage, et son arme en joue, se dirigea vers la suite 201… Mais en en voyant la porte grande ouverte, elle comprit. Elle regarda alors au bout du couloir, et constatant la présence d'un panneau de sortie en cas d'urgence, courût pour essayer de les rattraper.

— « *Adélaïde la transaction va bientôt avoir lieu !* »

Adélaïde ne répondit pas. Elle le savait parfaitement, c'est pour cela que son sang ne faisait qu'un tour, cela risquait de finir en fusillade généralisée… ou pire, elle risquait de les perdre définitivement. Descendant aussi rapidement que possible les escaliers, elle arriva au rez—de—chaussée et sortit par la porte de secours.

— Madame !

Adélaïde regarda en direction de la plage, d'où la rejoignit l'agent Ramsey.

Les deux jeunes femmes se retrouvèrent, et partirent en direction opposée pour suivre les ravisseurs.

XXX

Le conducteur du 4X4 gris immatriculé en Allemagne se gara rue des Morettons et coupa le contact. Les agents assis à l'arrière et celui installé sur le siège à côté de lui descendirent alors du véhicule. Vérifiant leurs fusils mitrailleurs et leurs armes de poings, ils se préparèrent à procéder à l'échange sous un soleil déjà de plomb et rejoignirent les hommes descendant de la camionnette blanche garée de l'autre côté de la rue. Tous revêtus de vêtements noirs et de lunettes noires, ils étaient impassibles, dangereux et méprisants. Mais au—delà de leur apparence de méchant ce qui était réellement terrifiant c'est qu'ils étaient assez monstrueux pour sortir une douzaine de mitraillettes dans un quartier résidentiel. Quand ils furent tous réunis en un même groupe posté une dizaine de mètres devant les voitures, un dernier homme descendit du 4X4. Habillé d'un costume impeccable, il portait une mallette à la main…

*

Phileas arriva avec une dizaine d'agents à l'hôtel Atlantique, et sortant son arme et son badge, se dirigea vers la réception.

— Où sont—ils ? demanda—t—il, menaçant.

L'homme presque caché par son comptoir le regarda, en sueur et terrifié.

— Suite 201 messieurs, avec la dame…

Phileas acquiesça de la tête, et avec ses agents, monta en hâte les escaliers pour atteindre la suite. Pourvu qu'ils n'arrivent pas trop tard pensa—t—il intérieurement.

Deux agents en avant du groupe se positionnèrent dans le couloir, affolant les touristes avec leurs armes, puis certains que l'endroit était sécurisé, invitèrent les autres à entrer dans le second étage avant de se diriger vers la porte de la suite 201. Mais elle était déjà ouverte…

— La chambre est vide, monsieur, s'exclama un des agents à l'intention de Phileas.

Phileas entra, et regarda tout autour de lui. Des bols de céréales encore à moitié pleins, la télévision allumée, des couches dans la poubelle… Ils étaient bien là, et ils étaient partis en hâte. Inquiet et enragé, il sortit en trombe de la suite pour se diriger en courant vers l'escalier de secours, suivi quelques instants plus tard par quelques—uns des agents. C'était le dernier acte qui commençait sans lui.

XXXI

— Vers où ? fit Adélaïde en panique sans ralentir.

— Je dirais au Nord ! lui répondit l'agent Ramsey.

Suivant son instinct, Phileas arrivant en toute logique par le Sud devant l'hôtel, Adélaïde estima que c'était de toute façon la meilleure direction à prendre et tourna dans la rue vers le Nord, redoublant d'efforts pour tenir le rythme. Elle avait un point de côté, elle avait mal, mais l'adrénaline et la rage lui donnaient des forces. Sa volonté de mère était sans équivalence… Et cela porta ses fruits, car quand elles arrivèrent à une intersection, elle les vit au loin dans la rue. Ils allaient vers l'Est.

— Allez, encore un petit effort, se dit—elle à elle—même. Plus que quelques centaines de mètres…

Les ravisseurs tournèrent à gauche. Elles se rapprochèrent, gagnant presque du terrain, avançant avec une vitesse qu'elles ne se connaissaient pas et ne pensaient pas pouvoir maintenir aussi longtemps… quand stupéfaites, à l'angle de la rue elles furent témoins de la transaction. Les trois hommes étaient là, ses enfants dans les bras, et les donnèrent aux hommes de main de *Fantôme*, vêtus de noir et le visage sévère. Ça y était… Ils allaient les prendre… Prenant son courage à deux mains, le cœur battant comme jamais dans sa poitrine, Adélaïde se mit alors à découvert, tentant le tout pour le tout, et tira dans leur direction sans pour autant les viser afin ne pas risquer de toucher Jean et

Adrien. C'était en soi une bonne idée d'intimidation, quoique signe de désespoir, mais l'effet de surprise fut malheureusement très bref, et les ravisseurs et les hommes portant ses enfants, très réactifs, s'empressèrent de foncer vers le 4X4.

La suite se passa alors très rapidement. Avant qu'elle n'ait eu le temps de changer d'arme, les hommes de main de *Fantôme* avaient foncé avec férocité sur elle et elle reçut avec force un premier coup de poing dans l'estomac qui lui coupa la respiration. L'agent Ramsey ne fut pas en reste… sous les coups machos et gratuits de leurs assaillants, elle saigna immédiatement de la bouche et sa mâchoire fut fracturée… Et tout en muscles, les huit hommes autour d'elles les passèrent à tabac. Prostrées à terre, recroquevillées, elles encaissèrent ainsi dans les cris de douleur les coups de pieds et les coups de poing durant un temps qui leur sembla une éternité. Du sang plein la bouche et les yeux en larmes, Adélaïde rouée de coups, la gorge nouée par la douleur et le cœur déchiré se crut perdue… quand Phileas arriva pour protéger sa femme et sa collègue. Surgissant dans la mêlée, il asséna un coup puissant au visage d'un des hommes, le mettant inconscient, ou le tuant même peut—être, et sans peur, se dressa contre les autres, donnant des coups de pieds et des coups de poing dans des parties stratégiques de leur corps avec une force effroyable avant de sortir son couteau et de le planter dans des bras, des torses ou de trancher une gorge… Profitant de la confusion et du bain de sang, luttant contre la douleur, Adélaïde se releva alors tant bien que mal et se dirigea vers le 4X4 dont le conducteur, certain que les enfants, son chef et l'argent étaient à bord, tourna la clé dans le contact et démarra en trombe pour repartir.

— Je veux mes enfants ! Rendez—moi mes enfants… !
cria Adélaïde. … Pitié… pitié… !

Adélaïde versa des larmes, à bout, et continua à courir…
mais le tout terrain s'éloigna d'elle jusqu'à ce qu'il n'en
reste plus qu'une tache grise qui disparut derrière l'horizon.
Ensanglantée, couverte de bleus et de blessures, elle se
laissa alors tomber au sol, prête à se laisser mourir, et pleura
toutes les larmes de son corps…

Tandis que les agents arrivèrent pour s'occuper des hommes
de main et de l'agent Ramsey, Phileas la rejoignit… se
laissant également tomber au sol, il la prit dans ses bras
pour pleurer avec elle. C'était fini. Ils avaient perdu leurs
enfants.

XXXII

Seize jours plus tard.

Adélaïde était enfermée nue dans une pièce humide et délabrée privée de lumière, recroquevillée dans un coin. Couverte de plaies, de boue et les cheveux sales, elle avait froid et faim… Elle était calme et posée, passive, voire même apathique, mais la rage la faisait tenir… elle avait la volonté de les tuer dès qu'elle en aurait l'occasion, et ce n'était pas la seule compagnie de deux ou trois rats qui allaient la faire fléchir. D'après son décompte du temps, la quatrième visite de la journée allait bientôt se faire. Ces ordures d'extrémistes en costumes faits sur mesure allaient entrer, et si les bonnes conditions étaient réunies, elle les étranglerait cette fois tous… Certaine de cela elle attendit calmement leur venue lorsqu'elle entendit des bruits de tir étouffés. La porte s'ouvrit alors soudain, l'éblouissant de lumière, et un agent du *Service* entra.

— Madame ? l'interpella—t—il.

Adélaïde se releva, calme. Cela faisait onze jours peut—être qu'elle s'était fait capturer au cours d'une mission, et depuis elle était enfermée dans cette pièce, destituée de son humanité. S'habituant à la lumière, se recouvrant un peu, gênée devant son agent, elle le regarda avec interrogation.

— Morts ? demanda—t—elle.

— Jusqu'au dernier, lui répondit l'agent.

— Bien. Merci… annonça—t—elle amère.

*

Dix heures plus tard, bureau de la directrice Méphala.

Adélaïde était assise à son bureau. Elle tâta du bout des doigts le bleu qu'elle avait à la joue gauche… Il lui faisait mal mais cela irait… Ce qui l'enchantait moins par contre, c'était les rapports accumulés durant son absence et qui l'attendaient sur son bureau. Elle les avait feuilletés et cela ne lui plaisait pas. Strugolth et Krieger avaient été retrouvés assassinés chez eux… laissés à l'agonie sur le sol, et cette fois c'était bien Strugolth et non un garde du corps… En plus donc d'avoir tué deux personnes redevenues honnêtes, l'*Organisation* avait par ces meurtres tués les deux derniers espoirs qu'ils avaient de retrouver leurs enfants… Quant au reste… la camionnette n'avait rien donnée, ni même la bande de machos, qui s'était donné la mort avant qu'ils n'aient eu le temps de les interroger, et le 4X4 avait filtré leurs barrages on ne savait comment. Probablement avec une autre voiture, prouvant le génie équivalent à celui de Phileas du chef de l'*Organisation*… Tout ça était un véritable fiasco…

On toqua à la porte.

— Entrez, répondit Adélaïde sans regarder en prenant un mouchoir pour essuyer le sang qui coulait de sa lèvre.

Phileas ouvrit et referma derrière lui, puis s'avança calmement vers le bureau.

— Comment vas—tu ? demanda—t—il alors en s'asseyant.

Adélaïde tourna la tête vers lui sans enlever le mouchoir de sa lèvre et le regarda dans les yeux.

— Je comprends… répondit—il juste alors. Je comprends…

Adélaïde resta silencieuse.

— On continuera à se battre coûte que coûte, confirma alors Phileas en se relevant pour partir.

Sans qu'Adélaïde prononce un mot, il se dirigea vers la porte et s'apprêta à l'ouvrir et s'en aller, quand elle s'ouvrit à la volée. Daniels se précipita à l'intérieur, une feuille à la main, presque fou de joie.

— On a un nom ! On a un nom ! s'écria—t—il.

Adélaïde et Phileas le regardèrent, surpris.

— Quoi ? demandèrent—ils en cœur sur un ton sec.

— Il s'appelle Dru, Eugène Timothy Dru ! C'est lui le chef de l'*Organisation* ! proclama l'assistant.

Épilogue 1

Le soir

Adélaïde était au lit avec Phileas. Elle pleurait. Ses enfants lui manquaient terriblement. Leur faisait—on du mal ? Les avait—on tués ? À cette pensée, elle sanglota de plus belle. Elle se sentait si impuissante… Elle avait envie de crier.

S'essuyant les yeux du revers de la main, elle se releva et partit dans le salon pour ne pas réveiller Phileas. La porte vitrée ouverte laissait passer un petit vent frais. Elle ne portait que sa lingerie mais elle s'en moquait, elle n'avait pas froid… son esprit était ailleurs de toute façon. Ses cheveux ramenés sur sa poitrine, elle regarda l'horloge murale. Il était quatre heures du matin. Une nouvelle larme coulant à son œil droit, Adélaïde resta debout là, figée. C'était l'heure à laquelle elle aurait dû les nourrir…

Épilogue 2

L'homme entra dans la pièce. Il passa à côté de la longue table noire recouverte d'une feuille de verre installée au milieu de la pièce et se rendit vers la gigantesque baie vitrée faisant toute la largeur de la pièce. Donnant sur un paysage tropical ensoleillé du Venezuela, celle—ci offrait une vue unique et merveilleuse. Le panorama était vraiment superbe, noyé sous une végétation luxuriante d'où s'envolaient des dizaines d'oiseaux colorés... C'était magnifique...

L'homme se dirigea vers le fauteuil du haut bout de la table, tourné vers le paysage que regardait son occupant, et arrivé à sa hauteur, s'arrêta serein.

— Nous avons les deux enfants, annonça—t—il avec satisfaction

L'homme dans son fauteuil, le docteur Dru, esquissa un sourire.

— Les trois individus ? demanda—t—il.

— Morts, conformément à votre ordre.

Dru joignit ses mains et regarda vers le ciel, savourant avec délice le succès de son plan.

— Bien... nous allons pouvoir commencer leur éducation à notre image.

FIN

À suivre dans
RIXE

www.ingramcontent.com/pod-product-compliance
Lightning Source LLC
Chambersburg PA
CBHW050504160726
48003CB00001B/148